ATRIUM

Zwei Fälle, zwei Ermittler, ein Schauplatz: Japan, Polizeipräsidium Präfektur D.

Fall 1: Inspektor Futawatari wird mit der personellen Umstrukturierung der Präfektur beauftragt, doch Kriminalpolizei-Legende Michio Osakabe weigert sich überraschend, in Ruhestand zu gehen. Osakabe wird zu einem Sandkorn im Getriebe der Polizeibürokratie – bis Futawatari darauf stößt, dass Osakabe nicht aufgehört hat, in einem grausamen Fall zu ermitteln, der nie gelöst wurde …

Fall 2: Abteilungsleiterin Tomoko Nanao wird benachrichtigt, als eine junge Polizistin plötzlich nicht mehr zur Arbeit erscheint. Nanao ist für alle weiblichen Polizeikräfte der Präfektur verantwortlich und hat einen dunklen Verdacht. Als Nanao im Polizistinnen-Wohnheim erfährt, dass die vermisste Frau von einem mysteriösen jungen Mann umworben wurde, beginnt ein Wettlauf gegen die Zeit.

Hideo Yokoyama, geboren 1957 in Tokio, arbeitete als investigativer Journalist und gilt als der japanische Stieg Larsson. Er veröffentlichte mehrere Romane und Kurzgeschichten-Bände, die mit zahlreichen Preisen ausgezeichnet wurden und regelmäßig die japanischen Bestsellerlisten anführten. In Deutschland wurde er mit dem Kriminalroman 64 bekannt, der ein Sensationserfolg wurde und den Deutschen Krimipreis 2019 gewann.

Sabine Roth, geboren 1963, übersetzt aus dem Englischen und hat u. a. Werke von Agatha Christie, John le Carré, Jane Austen, V. S. Naipaul, Elizabeth Strout und Lemony Snicket ins Deutsche übertragen. 2009 wurde sie mit dem Bayerischen Übersetzungsstipendium ausgezeichnet. Sie lebt in München.

THRILLER

Aus dem Englischen
von Sabine Roth

Atrium Verlag · Zürich

Taschenbuchausgabe
1. Auflage 2020
© Atrium Verlag AG, Zürich, 2019
Alle Rechte vorbehalten
Die Originalausgabe erschien 1998 unter dem Titel
Kage no kisetsu bei Bungeishunjū Ltd., Tokio
© 1998 by Hideo Yokoyama
Aus dem Englischen von Sabine Roth
Lektorat: Claudia Jürgens, Berlin
Umschlaggestaltung: Hauptmann & Kompanie Werbeagentur, Zürich,
unter Verwendung zweier Fotos von © Amana Images Inc. / Getty Images
und © Yukinori Hasumi / Moment / Getty Images
Satz: Greiner & Reichel, Köln
Druck und Bindung: GGP Media GmbH, Pößneck
Printed in Germany
ISBN 978-3-03882-114-4

www.atrium-verlag.com
www.facebook.com/atriumverlag
www.instagram.com/atriumverlag

Saito, zunächst Mitarbeiterin von Futawatari, dann versetzt in die Kriminalabteilung von Direktion W

Sasaki, Beamter in der Kriminalabteilung

Shirota, Dezernatsleiter in der Verwaltungsabteilung

Takegami, Dezernatsleiter in der Innenrevision

Uehara, Abschnittsleiter in der Verwaltungsabteilung

Yuasa, Leiter der Spurensicherung

ZEIT DER SCHATTEN

1

Hier im Zimmer bekam man nichts mit vom Wind oder vom Frühling mit seiner unendlichen Vielfalt an Stimmen. Die Fenster waren immer geschlossen, die schweren Vorhänge dicht zugezogen. Die Klimaanlage lief, aber man musste nur kurz an einem der Schreibtische sitzen, um zu merken, dass sie im Wesentlichen Krach machte und sonst nichts.

Die gut sechzehn Quadratmeter große Dependance der Verwaltungsabteilung lag im Nordflügel des Polizeipräsidiums Präfektur D im ersten Stock. Da sie nicht durchgängig genutzt wurde, hieß sie auch »das Sommerhaus« oder »die Klause« – natürlich nur bei den Verwaltungsmitarbeitern selbst. Die übrigen Beamten des Präsidiums heuchelten Gleichgültigkeit und sprachen einfach vom »Personalbüro«, manche mit wissendem Grinsen, andere mit einer merklichen Beklommenheit im Blick.

Jetzt hocken sie wieder beisammen, da oben im Personalbüro.

Alle sagten sie das.

In fünf Tagen würden die internen Bescheide herausgehen; die jährliche Liste der Versetzungen war so gut wie fertig. Gerade einmal dreitausend Stellen im höheren und gehobenen Dienst waren auf dem Prüfstand, und bei längst nicht allen stand tatsächlich eine Versetzung an: In jedem normalen Jahr wären sämtliche Teile des Puzzles zu diesem Zeitpunkt bereits an ihrem Platz gewesen.

Doch ein ominöser Anruf aus der Innenrevision hatte den Prozess am Nachmittag ins Stocken gebracht. Grund war der Leiter von Direktion S im Norden der Präfektur, der seinen Schwiegereltern durch den Landschaftsgärtner einer Feriensiedlung in seinem Bezirk einen Garten hatte anlegen lassen, und das, wie es schien, für ein bestenfalls symbolisches Entgelt.

Dieser Idiot!

Shinji Futawatari verwünschte den Mann, dessen Gesicht jetzt aus seinem Bildschirm zu ihm heraussah.

Der Direktionsleiter, ein Mensch mit länglichem Gesicht und sanften Zügen, hatte seine Stelle erst letztes Frühjahr angetreten. Insofern war er eigentlich kein Versetzungskandidat gewesen. Nun aber, da sein Fehltritt bekannt war, konnte man ihn unmöglich in einer Position belassen, in der er das Aushängeschild seiner Direktion war. Futawataris Vorgesetzter in der Verwaltung hatte ihm unmissverständlich aufgetragen, die Pläne bis zum nächsten Morgen so umzuarbeiten, dass für den Mann ein weniger sichtbarer Posten gefunden wurde.

Futawatari konnte auf eine lange Zeit im Personalwesen zurückblicken. In seinen insgesamt sechs Jahren als Polizeiratsanwärter und dann Polizeirat, gefolgt von der Beförderung zum Polizeioberrat und anschließender Ernennung zum Verwaltungsinspektor mit allgemeineren leitenden Aufgaben, hatte er durchgehend bei der Ausarbeitung der Versetzungspläne mitgewirkt. Es schien wenig wahrscheinlich, dass die Oberen jemanden mit seiner

Erfahrung ziehen lassen würden. Zumindest nicht, ehe sein Bereich – der denkbar unterbesetzt war – zum Dezernat hochgestuft wurde.

Krisen wie diese waren nichts Neues für ihn.

Er hatte unter einem Präsidenten gearbeitet, der besonders anfällig für Speichelleckerei war und wie ein verblendeter Potentat Beförderungen vornahm, eine aberwitziger als die andere. Er hatte mehrere Direktoren über sich gehabt, die sich alle angemaßt hatten, beim Versetzungspuzzle mitzumischen, ohne jede Rücksicht auf örtliche Gegebenheiten oder Gebräuche. Er wusste, es war zwecklos, sich aufzuregen, wenn so etwas passierte. Dank der oft willkürlichen Anordnungen dieser ichbezogenen Bürokraten ging es nur selten ohne eine Reihe von Nachtschichten ab.

Dennoch war dies das erste Mal, dass er sich gezwungen sah, eine Änderung zu einem Zeitpunkt vorzunehmen, da er im Begriff stand, die vom Präsidenten bereits abgezeichnete Liste zum Ausdrucken zu Versorgung und Personalentwicklung hinüberzuschicken. Und schuld war nicht die Laune eines Karrierebeamten, sondern das Fehlverhalten eines *Direktionsleiters*, eines Menschen also, der auf derselben Seite hätte stehen sollen wie er.

Nicht einmal Futawatari konnte da gleichmütig bleiben.

Soll er doch irgendwo versauern, vielleicht bei Fortbildung oder Polizeilichem Markenrecht.

Futawatari fuhr mit seiner Maus die Kästchen des Organigramms ab auf der Suche nach dem passenden Exil.

Wenn sich ein Beamter in exponierter Stellung etwas zuschulden kommen ließ, das zu einem Gesichtsverlust führen konnte, war es üblich, ihn für vier, fünf Jahre den Blicken entzogen irgendwo im Präsidium zu parken, bis Gras über die Sache gewachsen war. Eine zu offensichtliche Herabstufung musste vermieden werden – damit riskierte man es, die Aufmerksamkeit der Presse zu erregen, und wie Futawatari nur zu gut wusste, durchschauten einige alte Hasen unter den Reportern das innerpolizeiliche Prozedere besser als viele Beamte selbst. Dann wuchs die Gefahr, dass die Verstöße publik wurden. Zum Glück war das Personalbüro sehr versiert darin, Posten in der Hinterhand zu haben, die so ungreifbar und nebulös waren, dass eine Versetzung dorthin intern zwar als Strafe erkennbar war, sich nach außen aber dadurch rechtfertigen ließ, dass Dienststelle X oder Y »verstärkt« werden musste.

Wohin mit dem Mann?

Angenommen, der Direktionsleiter wurde zu Markenrecht oder Fortbildung verbannt, musste der nächste Schritt sein, einen geeigneten Führungsbeamten für die frei gewordene Stelle in Direktion S zu finden. Ein direkter Tausch wäre das Wünschenswerteste, aber für den derzeitigen Leiter des Markenrechts war es ein entschieden zu großer Karrieresprung. Und der Leiter der Fortbildungsstelle kam erst recht nicht infrage. Bei ihm stimmten zwar Alter und Erfahrung, aber seine Heimatstadt lag im Zuständigkeitsbereich der Direktion. Ein solches Vorgehen war tabu und würde Fragen aufwerfen. Futawatari würde nicht umhinkommen, eine Begründung für die Versetzung zu liefern.

Arschloch.

Wieder fluchte Futawatari. Er atmete tief durch und

machte sich dann daran, das schon abgesegnete Puzzle in seine Einzelteile zu zerlegen. Es half nichts, er musste alles wieder aufdröseln. Den Leiter von Markenrecht hinüberschieben zu Direktion G, die eine Stufe unter Direktion S lag. Den Leiter von Direktion G zurück zur Jugendkriminalität im Präfekturpräsidium holen. Den Leiter der Jugendkriminalität bei der Kommunalen Sicherheit unterbringen. Den Leiter der Kommunalen Sicherheit zu …

»Futawatari. Haben Sie eine Minute Zeit?«

Er blickte auf, sein Gesicht noch immer grimmig, und sah Dezernatsleiter Shirota, der ihm von der halb offenen Eingangstür her Zeichen machte. Hier drüben gab es keine Telefone. Das war ein ganz bewusstes Signal; nicht nur drangen auf diese Weise weniger Informationen nach außen, es konnte auch niemand anrufen und Sonderwünsche anmelden. Selbst Shirota, der ranghöchste unter den Dezernatsleitern im Präsidium, musste den weiten Weg aus der Verwaltungsabteilung auf sich nehmen, durch den langen gekachelten Verbindungsgang, der vom Hauptgebäude zum Nordflügel herüberführte. Futawatari nickte und stand auf. Zum ersten Mal seit Stunden warf er einen Blick auf die Uhr an der Wand.

Schon nach neun.

»Es ist ein Problem aufgetreten. Wenn Sie so freundlich wären, mich ins Büro des Direktors zu begleiten?« Die Sorgenfalten auf Shirotas Stirn waren selbst in dem dämmrigen Korridor zu erkennen.

Was denn nun schon wieder?

»Wenn es um Direktion S geht – ich habe schon angefangen …« Futawatari brach den vorschnell begonnenen Satz ab. Von dieser Sache hatte Shirota bereits Kenntnis, wenn er sich also persönlich herbemühte, musste das andere Gründe haben. Und es klang ganz so, als wäre der Abteilungsdirektor noch in seinem Büro statt wie sonst um diese Zeit zu Hause bei einem Glas Brandy. Futawatari trat noch einmal kurz an den Schreibtisch. Er schloss die geöffneten Dateien, nahm die Diskette heraus und sperrte sie im Tresor ein. Dann folgte er dem nervös vorausgehenden Shirota den Gang entlang.

Futawatari sah blass aus, auch ohne den Widerschein des Bildschirms.

Welches Problem konnte noch größer sein als das jetzige?

Sie nahmen Kurs auf das Hauptgebäude, durcheilten Korridor um Korridor, bis sie den roten Teppich erreichten, mit dem der ganze lange Gang bis zum Amtszimmer des Präsidenten ausgelegt war. Rechter Hand fiel ein Lichtschein durch die Glasscheibe in der Tür des Direktors. Futawatari straffte die Schultern und folgte Shirota hinein. Augenblicklich fühlte sich der Teppich unter den Füßen dicker an. Direktor Oguro, der auf einem Sofa saß, sah ihnen entgegen. Seine Augen waren unmutig zusammengekniffen.

»Es ist ein Problem aufgetreten.« Oguro zeigte auf ein zweites Sofa, wartete aber nicht erst ab, bis sie saßen, ehe er dieselben Worte hervorknurrte wie vor ihm Shirota.

»Welcher Art, Herr Direktor?«

Shirota mied Futawataris Blick. Der für seinen Teil war bereits jetzt auf das Schlimmste gefasst.

»Osakabe. Er hat uns mitgeteilt, dass er seinen Posten nicht räumen will.«

»Was?«, entfuhr es Futawatari, ehe er seine Verblüffung überspielen konnte.

»Tja, es wirkt sehr so, als wäre der Herr auf Ärger aus.« Oguro unternahm gar nicht erst den Versuch, seine Gereiztheit zu kaschieren.

Aber das ist … undenkbar.

Michio Osakabe. Der Mann gehörte zu den ganz Großen bei der Polizei. Er hatte das Kriminaluntersuchungsamt geleitet, bis er vor drei Jahren aus dem aktiven Dienst ausgeschieden war, um einen Vorstandsposten zu übernehmen, den die Verwaltung geschaffen hatte. Seine Amtszeit sollte zur jetzigen Versetzungsrunde auslaufen. Als sein Nachfolger war Direktor Kudo von der Kommunalen Sicherheit vorgesehen, der seinerseits dieses Jahr in den Ruhestand ging.

Das wars dann mit dem Puzzle.

Shirota hatte Osakabe vor nicht einmal einer Stunde zu Hause angerufen, um die Übergabe zu besprechen. Doch als er das Thema anschnitt, hatte Osakabe ihm eröffnet, dass er nicht gehen würde, und das Gespräch kurzerhand abgebrochen.

Futawataris Herz hämmerte. Osakabe weigerte sich, seinen Posten zu räumen. Wohin dann mit Kudo? Eine der Schlüsselaufgaben der Verwaltung war die Schaffung von Posten, in die leitende Beamte bei der Pensionierung wechseln konnten. Das war eine Möglichkeit für die Abteilung, ihre Kompetenz unter Beweis zu stellen. Das Personalbüro blamierte sich bis auf die Knochen, wenn für jemand so Hochrangigen wie den Direktor der Kommunalen Sicherheit kein Posten bereitstand. Und jedes Versagen des Personalbüros warf ein schlechtes Licht auf die Verwaltung als Ganzes.

Verdammt.

»Hat er einen Grund genannt?«, fragte Futawatari. Er versuchte beherrscht zu klingen, aber in seiner Stimme schlug die Anspannung durch.

»Wenn er das getan hätte, wäre die Sache einfacher«, fauchte Oguro.

Oguro hasste und fürchtete Versagen auf jeglicher Ebene. Er war im südlichen Teil der Präfektur geboren und hatte es in seiner Bezirksdirektion zum Revierleiter gebracht. Nach ein paar Jahren dort hatte er sich, vielleicht einer spontanen Regung folgend, für die Prüfung zum höheren Dienst angemeldet, sie bestanden und so in die Karriereschiene gewechselt. Dennoch blieb er in vielerlei Hinsicht ein Zwitter. Auf Präfekturebene mochte er noch so viel gelten, aus Sicht Tokios, wo die »reinrassigen« Bürokraten den Kampf um die Spitzenposten unter sich austrugen, blieb er ein kleiner Fisch. So war er zwischen den Regionaldirektionen hin und her gereicht worden, mit gelegentlichen unbedeutenden Tokioter Gastspielen, die ihn jedoch zu keiner Zeit hatten vergessen lassen, dass ihm die wichtigste Voraussetzung für den Aufstieg fehlte: eine eigene Seilschaft. In seinem Alter hatte er nur noch einen oder zwei Posten vor sich. Er hoffte sicher, eine Direktionsleitung zu ergattern, bevor er seine Uniform an den Nagel hängte. Eine kleine Direktion wäre schon genug – vielleicht irgendwo in der Ebene, wo das Klima milder war.

Untersteht euch und versaut mir das.

Für Futawatari hätte die Warnung genauso gut laut ausgesprochen sein können.

»Die Versetzungspläne kann Abschnittsleiter Uehara fertig machen – Sie finden heraus, was in Osakabe gefahren ist.«

Auch Shirota hatte die Drohung demnach gehört; in dem Blick, mit dem er Futawatari seinen Befehl erteilte, lag fast schon etwas Flehentliches.

2

Auf dem Weg zurück durch den dunklen Korridor hätte Futawatari am liebsten das Gesicht in den Händen vergraben. Auch wenn Shirota es nicht in dieser Deutlichkeit gesagt hatte: Die Lösung des Problems wurde von ihm, Futawatari, erwartet. Was immer Osakabe plante, die Mühlen des Präsidiums hatten bereits zu mahlen begonnen. Futawatari würde nichts anderes übrig bleiben, als dem Mann die Kündigung zu überreichen. So viel schien unvermeidlich. *Dafür werden Sie schließlich bezahlt.* Futawatari hatte sich einen Kommentar verkniffen. Er wusste ohnehin, was Shirota – immer der Erste, wenn es galt, die eigenen Interessen zu wahren – geantwortet hätte: *Sie wissen doch besser als jeder andere, was es mit dem Posten auf sich hat.*

Ein halbes Jahr vor Osakabes Eintritt in den Ruhestand hatte eine Gruppe von Baufirmen der Verwaltungsabteilung ihren Plan unterbreitet, eine Stiftung einzurichten, deren Aufgabe es war, die Entsorgung von Industriemüll zu überwachen. Der Schritt fiel nicht zufällig in eine Zeit, in der die Branche mit einer Welle von Korruptionsvorwürfen zu kämpfen hatte. Nach viel Kopfzerbrechen über die Frage, wie sich die Beziehungen zum Präfekturpräsidium verbessern ließen, waren die Firmen auf die Idee mit der Stiftung verfallen und boten der Polizei nun einen Vorstandsposten an.

Der Verwaltung ihrerseits war der Vorschlag sehr gelegen gekommen. Bedarf an gehobenen Positionen gab es immer, und in dem Jahr schieden gleich mehrere leitende Beamte aus dem Dienst, für die noch ein Posten gefunden werden musste. Das Dezernat selbst hatte keine Gefälligkeiten zu verteilen, sollten der Baubranche Untersuchungen bevorstehen – dennoch blieb ein Rest Unbehagen, verschleiert allerdings durch die Tatsache, dass niemand das Thema offen ansprach.

Der Direktor der Verwaltungsabteilung hatte Osakabe zum ersten Vorstandsvorsitzenden der Stiftung ernannt und seine Amtszeit auf drei Jahre begrenzt. In der Präfektur D wurden Positionen dieser Art für drei bis sechs Jahre vergeben. Bei Osakabe hatte man die kürzestmögliche Dauer gewählt, um die Anzahl der in den nächsten fünf Jahren zur Pensionierung anstehenden Spitzenbeamten mit der Zahl der frei werdenden Posten in Einklang zu bringen.

Hatte Osakabe mit dieser Regelung gehadert? Das war Futawataris erster Gedanke. Er selbst war Abschnittsleiter im Personalbüro gewesen, als der Posten zu besetzen war. Er hatte es alles selbst durchgerechnet. Er hatte die Zahlen vorgelegt.

Oder …

Ein zweites, noch beunruhigenderes Szenario begann sich abzuzeichnen. Ein eigenes Büro, eine Sekretärin, ein Dienstwagen mit Chauffeur, ein Gehalt, das mindestens so hoch war wie sein altes. Wie, wenn ihm all das zu lieb geworden war, um es aufzugeben? Ganz ausgeschlossen schien es Futawatari nicht. Wenn Osakabe tatsächlich gierig geworden war, verkomplizierte das die Sache. Seine Amtsdauer war zwar auf drei Jahre begrenzt, aber die Abmachung war nur eine mündliche. Wie jedes Gentlemen's Agreement galt sie nur so lange, bis eine Seite sie aufkündigte.

Das war selbstredend noch nie vorgekommen.

Noch mehr als jeder andere Apparat bildete die Polizei ihre eigene, in sich geschlossene Gemeinschaft. Man gehörte ihr von dem Moment an, in dem man auf die Polizeischule kam. Man verschrieb sich dieser Gemeinschaft mit Leib und Seele, und man blieb bis zum letzten Atemzug Teil von ihr. Die Pensionierung bedeutete lediglich das Ende der aktiven Dienstzeit. Sie hatte keine Auswirkungen auf den Grad der Verbundenheit. Insofern war ein Gentlemen's Agreement mehr als nur ein Versprechen. Es war Gesetz. Dass Osakabe sich nun darüber erhob, sich gegen die Gemeinschaft stellte – die Vorstellung schien absurd. Es kam einem Selbstmord gleich, sein Leben als Polizist wäre damit beendet.

Wieder in seinem Büro, eröffnete Futawatari Uehara, dass ab sofort er sich mit dem Versetzungspuzzle herumschlagen durfte. Er gab ihm noch rasch ein paar Tipps, dann setzte er sich an seinen Schreibtisch. Er schob eine Diskette mit der Aufschrift »Ehemalige« in das Laufwerk, holte einmal tief Atem und rief die Akte von Michio Osakabe auf.

Sie las sich eindrucksvoll.

Der Mann war zu einer Zeit in den Polizeidienst eingetreten, als es die alten Regionalverwaltungen noch gab. Als junger Beamter in einer kleinen Polizeiwache hatte er eine

Bande von Fahrraddieben ausgehoben. Daraufhin hatte man ihn in die Kriminalabteilung seiner Bezirksdirektion geholt. Nachdem er dort weitere drei Jahre Diebstahlsfälle bearbeitet hatte, war er ins Kriminaluntersuchungsamt des Präfekturpräsidiums berufen worden, ins Kommissariat Gewaltverbrechen in Dezernat I, das polizeiweit als eines der prestigeträchtigsten galt. Danach bekleidete er eine Reihe von Posten auf Bezirksebene, alle mit dem Schwerpunkt Gewaltverbrechen. Vierzehn Jahre hatte er auf diese Weise zugebracht, fünf davon als Einsatzleiter. Von da aus war er schnell aufgestiegen: erst stellvertretender Leiter von Dezernat I, dann Chefberater, dann Dezernatsleiter. Schließlich war er dann Direktor geworden und damit die Nummer eins im KUA.

Dazu hatte er im Lauf der Jahre die Kriminalabteilung seiner Region sowie zwei Polizeidirektionen geleitet und war erst stellvertretender Leiter und dann Leiter des Kriminaldauerdiensts gewesen. Und auch in Tokio hatte er Lorbeeren geerntet, bei einer zweijährigen Entsendung in die Fahndungsstelle der Nationalen Polizeibehörde, kurz NPB.

Nur zwei bedeutende Fälle während seiner Laufbahn waren ungelöst geblieben. Der erste war ein bewaffneter Banküberfall, in dem er als Leiter von Dezernat I ermittelt hatte. Der zweite war der brutale Mord an einer Büroangestellten, der kurz nach seiner Beförderung zum Direktor verübt worden war. Dagegen waren die Fälle, die er persönlich aufgeklärt hatte, kaum zu zählen. Futawatari scrollte mit der Maus durch die Liste, aber sie schien schier unendlich.

Er seufzte tief.

Wie immer nötigte ihm die Leistung Bewunderung ab. Osakabes Polizeilaufbahn erstreckte sich über zweiundvierzig Jahre, und jedes einzelne davon hatte der Verbrechensaufklärung gedient. Ein paar andere Kriminalbeamte gab es, die ähnlich lange an vorderster Front standen wie er. Aber Futawatari wusste mit absoluter Sicherheit, dass keiner von ihnen es schaffen würde, zum Direktor des Kriminaluntersuchungsamts aufzusteigen, auch wenn sie dem KUA ihr ganzes Leben gewidmet hatten.

Die Regionalpräsidien waren anders strukturiert als die in den Ballungsräumen, wie etwa die Tokioter Polizei. Hier konzentrierte sich, organisatorisch gesehen, alles in den fünf großen Abteilungen: Verwaltung, Kriminaluntersuchungsamt, Kommunale Sicherheit, Ordnungs- und Schutzaufgaben sowie Kfz-Wesen. Die Direktoren von Verwaltung und von Ordnungs- und Schutzaufgaben wurden durch die NPB in Tokio besetzt, sodass nur drei Direktorenposten blieben, die man als Regionalbeamter anstreben konnte. Von diesen dreien war das KUA der ehrenvollste.

Man hätte erwarten können, dass der Platz an der Spitze von einem Mann eingenommen wurde, der seine ganze Laufbahn in der Abteilung abgeleistet hatte, aber de facto lief es darauf fast nie hinaus. Beamten, die rund um die Uhr Verbrechen aufklärten, blieb wenig Zeit, um für Prüfungen zu büffeln, und falls ihnen dieses Kunststück doch gelang, gab es genügend Geschichten von Kripo-Männern der alten Schule, die ihre Kandidaten am Abend vor der Prüfung mit Alkohol abfüllten. Üblicherweise waren es stattdessen die Leute, die nur einen kleinen Teil ihrer Zeit der Ermittlungsarbeit widmeten und den weit größeren Teil anderen Tätigkeiten – solchen, bei denen sie Ergebnisse einfahren *und* den Prüfungsparcours durchlaufen konnten –, die es bis ganz an die Spitze schafften.

Unter bestimmten Umständen konnte es sogar sein, dass das Amt jemandem angetragen wurde, der nie bei der Kriminalpolizei gewesen war, jemandem, der keine Ahnung von echter Ermittlungsarbeit hatte. Vorrang bei der Besetzung dieses Postens, des bedeutendsten auf Regionalebene, hatte in solchen Fällen für gewöhnlich der, der es in seiner Generation am frühesten zum Polizeioberrat gebracht hatte.

Und das hieß: Futawatari.

Er hatte diesen Schritt schon mit vierzig geschafft, womit er seinen Altersgenossen eine Länge voraus war. Er war dünn, vom Typ her mehr Bankbeamter als Polizist, und hätte kaum gewusst, wie man eine Verhaftung vornahm, doch dank seiner langen Erfahrung im Personalbereich war ihm klar, dass er in zehn oder fünfzehn Jahren der aussichtsreichste Kandidat für die Rolle sein würde.

Ob er wollte oder nicht.

Vielleicht war das der Grund, weshalb er sich angesichts von Osakabes Lebensleistung klein und unbedeutend fühlte und sich vager Neid in ihm regte.

Nicht daran denken.

Direktor des KUA zu werden, diese unstrittige Krönung einer Polizistenlaufbahn – das war ein Traum, dem sich fast jeder Polizeibeamte irgendwann im Leben hingab.

Osakabes Karriere war in mehr als nur einer Hinsicht

einzigartig in der Geschichte der Personalabteilung. Gut, zu seinen Anfangszeiten waren nicht nur die befördert worden, die bei Prüfungen gut abschnitten, sondern auch die, die sich im praktischen Einsatz hervortaten. Trotzdem, dachte Futawatari bei sich, verdankte er seinen Aufstieg sicher auch einer Portion Glück.

Das Gesicht des Mannes sah ihn vom Bildschirm an. Dunkle, markante Züge, tief in ihren Höhlen liegende Augen, düsterer Blick: ein Kriminaler, wie er im Buche stand. Und zwar genau der Typ, mit dem sich Futawatari schwertat. Wobei er für dieses Urteil, das noch aus Osakabes aktiver Dienstzeit herrührte, gar keine rechte Begründung hätte liefern können. Letztlich hatte er kaum direkten Kontakt mit dem Mann gehabt, auch wenn sie über zwanzig Jahre demselben Apparat angehört hatten. Die Male, die er bei Osakabe im Büro gewesen war – um mit ihm eine Personalfrage zu klären oder sich seine Budgetforderungen anzuhören –, konnte er an den Fingern einer Hand abzählen. Osakabes Reich war der vierte Stock mit den diversen Dezernaten des KUA gewesen, das von Futawatari war die erste Etage mit ihren dort versammelten Verwaltungsfunktionen.

Futawatari machte sich klar, dass er an ihm nur den finsteren Ausdruck kannte, den er auch jetzt auf dem Foto sah. Er konnte sich nicht erinnern, je erlebt zu haben, dass der Mann lachte oder sich über etwas aufregte.

Es hilft nichts. Ich muss ihn mir persönlich vornehmen.

Futawatari versuchte sich Mut zu machen, während er Osakabes Privatadresse notierte.

Abbezahltes Eigenheim. Frau und drei Töchter. Die beiden

älteren schon länger verheiratet. Die jüngste derzeit wohnhaft in Tokio.

Er gab Uehara, dessen Stirn inzwischen glänzte von Schweiß, noch einige Hinweise und verließ dann das Gebäude. Der Wind blies kalt, er schlug den Kragen hoch.

Es war schon nach Mitternacht.

Es ergab keinen Sinn. Warum weigerte sich Osakabe, den Posten zu räumen? Waren ihm drei Jahre zu wenig gewesen? Hatte er sich zu sehr an seine Privilegien gewöhnt? Beide Theorien schienen zu kurz zu greifen. Zu lebhaft stand ihm das Bild aus Osakabes Akte vor Augen, auf das er vor einer Minute noch gestarrt hatte. Meinte der Mann es ernst? Wollte er wirklich seinen Stolz begraben und mit der Polizei brechen? Sich der Industrie verkaufen, eintauchen in diesen Sumpf der Korruption?

Ausgerechnet Direktor Osakabe …

»Lächerlich«, murmelte Futawatari und wandte sich vom Hauptgebäude ab, das nun fast völlig im Dunkeln lag.

Bis die internen Bescheide über die Versetzungen im höheren Dienst versandt würden, blieben noch fünf Tage. *Was immer dahintersteckt, ich gehe gleich morgen früh zu ihm.* Futawatari beschleunigte seinen Schritt, als er auf den Parkplatz zuhielt, und die Unruhe, die ihn antrieb, war von ganz anderer Art als die, mit der er vorhin Direktor Oguros Büro betreten hatte.

3

Am nächsten Morgen fuhr ihm Osakabe vor der Nase weg.

Futawatari hatte schon um sechs Uhr die Wohngegend erreicht, in der Osakabe lebte. Das Schild mit dem Namen der Familie war nicht schwer zu finden gewesen. Das zweigeschossige Haus hinter der hohen Glanzmispelhecke wirkte auffällig bescheiden für einen Mann, der den Rang eines Direktors innegehabt hatte. Es war eine alte Gegend mit den traditionellen schmalen Sträßchen. Da es Futawatari ungehörig erschien, vor der Haustür des Mannes zu parken, hatte er gewendet und war zurück zu einem Stück Wiese am Fluss gefahren. *Das sind nur ein paar Minuten zu Fuß. Ich gehe ums Haus herum, halte die Augen offen, und wenn es so aussieht, als hätten sie fertig gefrühstückt, klingle ich.* So hatte sich Futawatari sein Vorgehen zurechtgelegt und war aus dem Auto gestiegen.

Nach nur wenigen Metern überholte ihn eine schwarze Limousine aus Richtung Stadt. Hinterm Steuer sah er einen Mann mit grau melierten Haaren. Er trug keine Krawatte, aber ein Jackett, hatte muskulöse Schultern und schneeweiße Handschuhe an den Händen. Bis die Erkenntnis einsickerte, war es schon zu spät. Der Wagen bog in das Wohngebiet ein.

Futawatari war bleich vom Rennen, als vor ihm die rot austreibende Hecke in Sicht kam. Die weißen Handschuhe schlossen bereits die hintere Wagentür. Schwer atmend und außerstande zu rufen, hatte er dastehen und zuschauen müssen, wie Osakabes Profil im Rückfenster an ihm vorbeiglitt.

Auch jetzt, wieder an seinem Schreibtisch in der Verwaltung, hing ihm der morgendliche Fehlschlag noch nach. Es war halb acht vorbei, und seine Kollegen kamen langsam hereingetröpfelt. Er war fast immer als Erster im Büro, deshalb wunderte sich niemand, ihn zu sehen. Im Zweifel nahmen sie an, dass er die Nacht im Sommerhaus verbracht hatte, mit der Arbeit am Versetzungspuzzle oder einer anderen eiligen Aufgabe. Er griff nach dem Hörer und drückte die Wahlwiederholung. Langsam, aber sicher wurde er ungeduldig. Das war jetzt sein vierter Versuch. Das Telefon klingelte und klingelte; offenbar war in der Stiftung immer noch niemand am Platz.

Wo sind Sie?

Osakabe war in aller Frühe abgeholt worden. Dennoch war er noch nicht in der Stiftung angekommen. Möglicherweise nahm er ja einen frühen Termin wahr, vielleicht irgendwo in den Bergen.

Futawatari stand auf und drückte erneut die Wahlwiederholungstaste. Er hatte gerade aufgegeben, da kam Saito, eine der wenigen Frauen in der Verwaltung, mit dem Kaffee herein. Er dankte ihr, bat sie, ihn einfach auf den Tisch zu stellen, damit er ihn später trinken konnte, und verließ das Büro. Oguro und Shirota würden bald da sein. Von dem Debakel des Morgens mochte er ihnen nicht berichten, und auf das Trommelfeuer von Fragen, die sie zweifellos stellen würden, hatte er ebenfalls keine Lust.

Er schaute im Sommerhaus vorbei. Wie erwartet war Uehara da; wie festgewachsen saß er vor seinem Computer und starrte aus blutunterlaufenen Augen auf den Bildschirm. Bis zur Glatze war es bei ihm nicht mehr lang hin, aber das noch vorhandene Haar verriet eindeutig, dass er nicht daheim gewesen war, um zu duschen.

Futawatari blieb ein bisschen, um ihm beim Puzzeln zu helfen, während er bei sich das Für und Wider eines Überraschungsbesuchs in der Stiftung abwog.

Wenn es Osakabe tatsächlich ernst damit war, im Amt zu bleiben, würde er alles tun, um den Schergen der Verwaltung aus dem Weg zu gehen, gerade in dieser heiklen Phase. Ein Tag war schon verstrichen, nur noch vier waren übrig, bis die Bescheide ergingen. Wenn Futawatari sich ankündigte, wenn er es an den nötigen Vorsichtsmaßnahmen fehlen ließ, dann bestand die Gefahr, dass Osakabe abtauchte. In dem Fall war die Schlacht vorüber, bevor sie überhaupt begonnen hatte. Aber eigentlich konnte sich Futawatari nicht vorstellen, dass ein Mann wie Osakabe sich drückte. Und falls er nicht da war, wenn Futawatari ankam, würde irgendwer in der Stiftung ihm ja wohl über seinen Verbleib Auskunft geben können. Es war fast schon Mittag, als Futawatari die Möglichkeiten im Geist oft genug durchgespielt hatte und den noch immer verzagt dreinblickenden Uehara sich selbst überließ.

Bis zu Haus F ging man nur fünf Minuten zu Fuß. Der moderne Büroturm ragte über dem restlichen Stadtbild auf, schmuck anzusehen mit seinen bläulich getönten Scheiben, die die stetig ziehenden Wolken spiegelten. Im Innern trug ein Hochgeschwindigkeitslift Futawatari pfeilschnell in die elfte Etage hinauf. Dort folgte er dem Hinweisschild den Gang entlang und entdeckte nur ein paar Türen weiter den Namenszug der Stiftung. Das Büro war größer, als er erwartet hatte. An die zehn Schreibtische standen in großzügigem Abstand zueinander, mit geschickt aufgestellten, dicht belaubten Zimmerpflanzen als Sichtschutz. Schon eine davon auch nur geringfügig zu verschieben hätte genügt, um dem Ganzen einen Anstrich des Improvisierten, erst im Aufbau Begriffenen zu verleihen.

An der rechten Wand hing eine riesige topografische Karte. Der großflächige Plan der Präfektur war mit einer Unzahl bunter Nadeln besteckt. Von diesen Nadeln gingen rote Linien aus, die zusammen ein sternförmiges Muster bildeten: das Straßennetz der Präfektur. Futawatari hatte das Gefühl, ein Kunstwerk zu bewundern.

Er machte ein paar Schritte in den Raum hinein und spähte hinter eine Trennwand, die ein Areal gleich an der Fensterfront abteilte. Der Blick von hier reichte bis zu den fernen Bergen an der Grenze zur Nachbarpräfektur; man konnte daher getrost davon ausgehen, dass dies das Büro des Vorstandsvorsitzenden war. Hinter dem Milchglas der Trennwand saß niemand.

Was auch sonst?

Eine junge Frau im Kostüm, fast mehr Model als Sekretärin, begrüßte Futawatari mit vollendeter Höflichkeit. Dann erschien ein unauffälliger älterer Mann, der hinter einer der Topfpflanzen aufgetaucht war. Nach einem kurzen Austausch von Visitenkarten unterzog der Mann, der sich als Geschäftsführer Miyagi vorstellte, Futawatari einer skeptischen Musterung. Zweifellos war sein Bild von der

Polizei durch Osakabe geprägt, mit dem er am meisten zu tun hatte.

»Es tut mir sehr leid, aber der Chef ist dienstlich unterwegs«, sagte er in alles andere als bedauerndem Ton. Er zeigte auf ein Sofa an der Rückwand des Raums, wobei sein Gesichtsausdruck sehr deutlich besagte, dass er seine Zeit auch besser nutzen konnte.

Ohne Miyagi persönlich zu kennen, wusste Futawatari doch über seinen Hintergrund Bescheid. Der Mann war lange Zeit in der Präfekturregierung Beauftragter für Umwelthygiene gewesen. Die Polizei war von der Baubranche mit dem Posten des Vorstandsvorsitzenden bedacht worden, aber wie es schien, waren auch die Regierungsbeamten nicht leer ausgegangen. Futawatari für seinen Teil war überzeugt, dass bei Miyagis Posten ebenfalls Drähte gezogen worden waren, deshalb würde der Mann die Entwicklungen rund um Osakabes Weigerung zu gehen im Zweifel mit wachem Auge verfolgen. Vielleicht hatte er sogar eine Ahnung, was dahintersteckte.

»Wissen Sie, wo er ist?«

»Ich glaube …«, murmelte Miyagi und richtete den Blick auf die Karte an der Wand, »… doch, er nimmt einen Lokaltermin im Norden wahr, wobei ich Ihnen nicht genau sagen kann, wo. Wie Sie sicher wissen, ist der Chef ein sehr tatkräftiger Mensch.«

»Einen Lokaltermin?«

»So nennen wir das, wenn wir ein Gelände inspizieren, wo es Fälle von illegaler Entsorgung gegeben hat.«

Natürlich. Die Nadeln auf der Karte markierten illegale Müllkippen. Die schiere Anzahl war erstaunlich: Hunderte, so konnte man meinen. Futawatari hatte Geschichten von Lastwagen gehört, die den Industriemüll aus den Städten herauskarrten, aber es war schwer, sich Aktivitäten solchen Ausmaßes vorzustellen.

Wieso übernahm Osakabe diese Fahrten selbst?

Futawatari dachte an die Leitsätze der Stiftung zurück, die er sich vor drei Jahren angesehen hatte. Der vorrangige Auftrag war ein erzieherischer: Dem privaten Sektor sollten Richtlinien an die Hand gegeben werden, die es den Betrieben erleichterten, unethisch operierende Entsorgungsunternehmen zu meiden. Die Stiftung brachte außerdem Broschüren in Umlauf, die die Bevölkerung dazu aufriefen, Fälle illegaler Entsorgung zu melden. Und sie führte Vor-Ort-Inspektionen durch, wenn solche Meldungen eingingen. In einzelnen Fällen, wenn die Überprüfung ungewöhnlich große Mengen Müll ergab oder wenn die Entsorgungsstelle in der Nähe einer Wasserquelle lag, trug die Stiftung ihre Befunde zusammen und beantragte eine offizielle polizeiliche Untersuchung.

Nach Miyagis Ton zu urteilen, nahm Osakabe diese Inspektionen mit großem Einsatz vor. Und doch musste man sich nur im Büro umsehen, um festzustellen, dass es hier nicht an jüngeren Männern mangelte, Männern noch dazu, die sichtlich über genug Zeit verfügten. Aber selbst bei augenscheinlicher Personalknappheit hätte es verwundert, wenn der Vorstandsvorsitzende der Stiftung – der dieses Jahr dreiundsechzig wurde – all die Fundstellen in eigener Person aufsuchte.

»Führt Ihr Chef die Inspektionen öfter persönlich durch?«

»Nun ja.« Miyagi schaute etwas unbehaglich drein. »Doch, fast täglich.«

»Fast täglich?«

»Seit einem Jahr etwa. Ich habe ihm natürlich vorgeschlagen, die Aufgabe zu delegieren, aber er besteht darauf, selbst hinzufahren.«

Futawatari nickte ein paarmal verständnisvoll, bevor er die nächste Frage stellte. »Wann erwarten Sie ihn denn zurück?«

»Wahrscheinlich gegen fünf oder sechs. Es kommt aber auch vor, dass er direkt nach Hause fährt, je nachdem, wie lange die Inspektion dauert.«

»Schaut er für gewöhnlich im Büro vorbei?«

»Nicht unbedingt. Wir haben heute noch nichts von ihm gehört.«

Es war töricht gewesen, sich von Miyagi etwas zu versprechen. Woher sollte dieser Mann, der im Büro die Stellung hielt und nach Osakabes Pfeife zu tanzen hatte, etwas von den Motiven seines Chefs wissen?

Die Chancen, ihm etwas Brauchbares zu entlocken, schienen denkbar gering.

Futawatari seufzte im Stillen und richtete den Blick wieder auf die Landkarte. Irgendwo da draußen war Osakabe. Den Maßstab kannte er nicht, aber die Karte selbst war schon riesig, drei Meter im Quadrat sicherlich, mit einer akribischen Abbildung sämtlicher Fernstraßen wie auch der kleineren Straßen, die die Städte und Dörfer der Präfektur miteinander verbanden; sogar die Forststraßen waren eingezeichnet.

Vorhin beim Hereinkommen hatte er die roten Buntstiftlinien als sternförmig wahrgenommen, doch bei näherer Betrachtung sah man, dass sie alle von der Stiftung ausgingen. Sie bildeten Osakabes Fahrten ab; in alle Richtungen ausfächernd, markierten sie eine Unzahl von Strecken, jede mit einer Nadel an ihrem Ende, die einen Mülllagerplatz anzeigte. Viele reichten bis tief ins Gebirge; die Übeltäter schienen eine klare Vorliebe für entlegene Orte zu haben. Die Mehrheit dieser Routen folgten den Hauptstraßen, bis sie die Städte hinter sich gelassen und den Schutz der Berge erreicht hatten. Dort verzweigten sie sich dann, gabelten sich immer weiter, verästelten sich wie Äderchen, bis sie den jeweiligen Abladeplatz erreichten.

Eine Trittleiter stand daneben an der Wand, gleichsam als Zeugnis des Energieaufwands, den die Erfassung einer so ungeheuren Anzahl von Fährten erfordert haben musste. Futawatari sah in der Karte ein Sinnbild für den immensen Fleiß der Stiftung – oder den Osakabes.

Das Mittagessen kam, was Futawatari den erhofften Grund lieferte, sich zu verabschieden.

Einen Versuch ist es allemal wert.

Er ging zur Tür; Schritte hinter ihm bestätigten ihm, dass Miyagi ihm folgte. Möglichst beiläufig drehte er sich um und senkte die Stimme: »Sie haben es ja wohl schon gehört?«

Miyagi wusste offenbar gleich, wovon er sprach. »Ah, ja, natürlich. Der Vorsitz ist verlängert worden.«

Futawatari hielt seine Emotionen nur mühsam im Zaum, als der Lift mit ihm ins Erdgeschoss hinabsauste. Auf dem Weg zurück ins Präsidium fühlten sich seine Füße bleischwer an. Miyagi schien völlig unerschüttert von der

Nachricht; ihm war keinerlei Groll deswegen anzumerken gewesen. Offensichtlich ahnte er auch nicht, welche Wellen Osakabes Verhalten schlug; wahrscheinlich hatte er ihm sofort zu der Verlängerung gratuliert. Futawataris Entrüstung nahm immer mehr zu. Osakabe hatte einseitig beschlossen, sein Amt weiterzuführen. In seinem Innern gab es keinen Konflikt. Er traf einfach seine Entscheidung, als hätte die Polizei kein Wort mitzureden. War das Arroganz? Oder kam es von seiner Überzeugung, dass die Arbeit bei ihm in den richtigen Händen war?

Wie immer die Antwort lautete, die maßgebende Frage war und blieb die nach dem Warum. Eine bildschöne junge Sekretärin. Ein geräumiges, komfortables Büro. Ein Dienstwagen mit Chauffeur, der ihm schon im Morgengrauen zur Verfügung stand. So lebte es sich bequem. Äußerst bequem.

Aber noch ein weiterer Faktor wollte bedacht sein.

Die Macht der Gewohnheit.

Einem Hinweis aus der Bevölkerung nachgehen. Zum Tatort eilen. Die Abfälle durchkämmen, eine Spur entdecken, die vielleicht zum Täter führte. Es glich allzu sehr der Kriminalarbeit. Eine Karte an die Wand heften, Nadel um Nadel hineinstecken, um die Ermittlungsschritte abzubilden. Nicht anders ging es bei einer Sonderkommission zu, die Jagd auf einen Täter machte.

Einmal Kripo …

Der Gedanke ließ sich nicht zum Schweigen bringen. Wieder sah Futawatari die topografische Karte vor sich, nur zeigte sie jetzt die Stationen der brillanten Karriere, die er am Vorabend an sich hatte vorbeiziehen lassen. Hatte der Mann eine Art Zusammenbruch? Die Vorstellung jagte ihm einen Schauder den Rücken hinunter.

Das ist alles nur Spekulation. Noch.

Shirota empfing ihn mit einem auffordernden Blick, als Futawatari in die Verwaltungsabteilung zurückkam. Das hieß vermutlich, dass der Direktor sie zu sprechen wünschte. Er wollte sich schon aufmachen, da sprang ihm der Kaffee ins Auge, der noch immer auf seinem Schreibtisch stand. Eine dünne Staubschicht hatte sich darauf gebildet. *Stellen Sie ihn da hin, ich trinke ihn später.* Er spürte, wie die Anspannung nachließ. Er blinzelte und sah Saito kerzengerade an ihrem Tisch sitzen, mit dem Rücken zu ihm. Über ihren Erfolg als Frau konnte er nichts sagen, aber bei der Polizei würde sie sicherlich ihren Mann stehen.

Er nippte an dem Getränk, das seit fünf Stunden kalt war, und eilte dann hinter Shirota her. Da er nichts vorzuweisen hatte, galt es sich für die Laune des Direktors zu wappnen, die zweifellos ähnlich bitter sein würde wie der Kaffee.

4

Am Abend fuhr Futawatari ein zweites Mal zu Osakabes Haus, aber er war noch nicht zurück.

Auch seine Frau war aus, das Haus lag still da. Futawatari fand nicht weit entfernt einen Park mit Schaukeln und einer Rutsche und entschloss sich, zu warten. Er konnte keine Kinder entdecken, keine jungen Mütter, die nach ihnen riefen. Die ganze Umgebung fühlte sich alt an.

Oguros Drohung stand nicht länger unausgesprochen im Raum. Er hatte die Faust auf den Schreibtisch niederdonnern lassen, als er erfuhr, dass Futawatari Osakabe noch nicht hatte stellen können. Auf dem Tisch hatte ein Stapel frisch gedruckter Visitenkarten gelegen, Kudos Name und daneben der Titel, *Vorstandsvorsitzender*. Shirota war in die Druckerei gelaufen und hatte sie abgefangen, bevor sie zur Kommunalen Sicherheit ausgeliefert wurden.

Kudo schien von dem Problem noch nicht unterrichtet zu sein.

Hören Sie zu, es ist mir egal, wie Sie es anstellen. Sie schnappen ihn sich, heute noch, und Sie befehlen ihm, den Posten zu räumen.

Futawatari sah auf seine Uhr. Kurz nach halb sechs, Zeit für einen nächsten Versuch. Er sprang auf die Füße und ging wieder zurück. Es wurde schon dunkel, aber in keinem der zwei Stockwerke brannte Licht.

Dass Osakabe nicht in seinem Büro war, wusste er schon; er hatte mehrmals in der Stiftung angerufen, während er im Park auf und ab ging – Anrufe, die ihm nichts eingebracht hatten außer Miyagis wiederholten Entschuldigungen.

Dann eben später noch mal.

Er wandte sich zum Gehen.

»Kann ich Ihnen behilflich sein?«

Er drehte sich um und erblickte eine Dame um die sechzig, die mit einer Einkaufstasche in der Hand um die Ecke kam. Ihr Auftreten hatte etwas Würdevoll-Bescheidenes, das er wiedererkannte. Viele Polizeibeamte hatten Ehefrauen, die mit jeder Beförderung ihrer Männer anmaßender wurden. Die durchgängige Zurückhaltung von Osakabes Frau war in diesem Zusammenhang oft gerühmt worden. Futawatari war ihr einmal vorgestellt worden, bei einem Umtrunk anlässlich Osakabes Abschied von der Polizei und zur Feier der neuen Aufgaben, die ihn erwarteten. Anscheinend erinnerte sie sich an ihn.

»Sie sind in der Verwaltungsabteilung, nicht wahr?« Unaufdringlich musterte sie sein Gesicht. »Kommen Sie doch herein und warten dort auf ihn. Mein Mann ist sicher bald zurück.«

»Danke, aber es ist nichts Dringendes. Ich kann später wiederkommen.«

»Keine solchen Förmlichkeiten. Sonst schimpft er bloß mit mir«, beharrte sie. Futawatari überlegte kurz, ob sie das ernst meinen konnte, ob Osakabe ihr wirklich Vorhaltungen machen würde.

Warum nicht? Ich habe schließlich nichts zu verbergen.

Futawatari nannte seinen Namen und Dienstgrad und verneigte sich vorschriftsmäßig. Er übertrat die Schwelle mit einem Gefühl, als beträte er eine feindliche Festung. Osakabes Frau führte ihn in einen Tatami-Raum mit einem shintōistischen Hausaltar. Auf einem Streifen geweihten Papiers stand der Name der lokalen Gottheit zu lesen, die hier verehrt wurde. Der Altar war liebevoll gepflegt, das schlichte Holz makellos und mit frischen, leuchtenden Zweigen geschmückt. Auf einer breiten Holztafel über der Tür prangte in kalligrafisch gestalteten Schriftzeichen der Spruch: »Gedenkt auch in Friedenszeiten des Krieges.« Ein Bilderrahmen an der Wand heischte Respekt für die Gebote der Polizeiarbeit: »1. Diene mit Stolz und Demut.«

Es konnte keinen Zweifel geben, Osakabe war Polizeibeamter durch und durch.

Auf dem kleinen Schreibtisch an der Wand stand ein Telefon, ganz simpel, ohne Zugeständnisse an die neumodische Technik. Der helle Fleck daneben, wo die Sonne das Holz nicht nachgedunkelt hatte, musste der ehemalige Platz des Diensttelefons sein. Futawatari versuchte sich vorzustellen, wie oft der Apparat Osakabe im Zuge einer Ermittlung wohl herausgeklingelt haben mochte.

Er seufzte leise.

Osakabes Frau hatte sich nicht wieder blicken lassen, seit sie ihm seinen Tee gebracht hatte. Unter normalen Umständen hätte man dieses Verhalten als kühl empfinden können, aber in seiner jetzigen Verfassung war er geradezu dankbar dafür. Während Osakabes aktiver Dienstzeit musste sie Besucher aller Art empfangen haben. Sie hatte sicher sofort gemerkt, dass dies keine Höflichkeitsaufwartung war.

Wie gehe ich es am besten an?

Futawatari hatte fast eine halbe Stunde dagesessen und kontrolliert ein- und ausgeatmet, als er draußen eine Autotür zuklappen hörte. Wie aufs Stichwort kam Osakabes Frau ins Zimmer und teilte ihm mit, dass ihr Mann heimgekommen war. Futawatari straffte den Rücken und schloss die Knie zu der vorgeschriebenen Sitzhaltung.

Jetzt nicht kneifen.

Aber Osakabe kam nicht. Stattdessen erschien wieder seine Frau.

»Entschuldigen Sie, ich glaube, er macht irgendetwas am Auto.«

Sie reckte den Hals und sah über eine der Hecken. Futawatari erhob sich und spähte ebenfalls hinaus. Auf dem Weg, von den Zweigen nur halb verdeckt, stand Michio Osakabe. Die kantigen Züge, die tief liegenden Augen, das strenge Profil – der Ausdruck war genau der, den er kannte: emotionslos, ein Zwischending zwischen Lächeln und Stirnrunzeln. Futawatari wich unwillkürlich einen Schritt zurück.

Es war, als stünde vor ihm ein Raubtier.

Osakabe erteilte Anweisungen an seinen Fahrer, von dem nur das grau melierte Haar zu sehen war. Nach den Geräuschen zu urteilen, wechselten sie die Reifen.

Verdammt.

Es ging nicht an, dass er noch länger hier drinsaß und wartete; nun, da er wusste, dass Osakabe draußen war, wäre es unhöflich von ihm, im Besuchsraum zu bleiben und Tee zu trinken. Er neigte den Kopf vor Osakabes Frau und ging zur Haustür – das Willensduell, so befürchtete er, hatte er schon jetzt verloren. Am Ende des Flurs bemerkte er in einem abgedunkelten Zimmer eine Ansammlung traditionell verpackter Hochzeitsgeschenke. Das konnte nur eines bedeuten: Osakabes jüngste Tochter heiratete. Das hieß, er musste dafür sorgen, dass die Polizei ein Geschenk übersandte und die Abteilungsdirektoren Grußworte verfassten, die auf dem Empfang verlesen würden. Ungeachtet der momentanen Situation schweiften seine Gedanken kurzzeitig zu diesen Formfragen ab.

Die schwarze Limousine war mit einem Wagenheber aufgebockt, der Chauffeur setzte gerade einen Schraubenschlüssel an. Osakabe stand wie ein Fels daneben.

Gebieterisch.

Es kam nicht oft vor, dass ein solches Wort so exakt auf einen Menschen passte.

»Ich bin froh, Sie zu treffen, Herr Direktor.«

Futawatari blieb stehen und verbeugte sich aus der Hüfte. *Herr Direktor.* Er hatte es ganz automatisch gesagt. Alles andere wäre ihm unehrerbietig vorgekommen. Und mit »Herr Vorsitzender« konnte er den Mann schon deshalb nicht ansprechen, weil er das als Bestätigung seiner derzeitigen Position auffassen konnte. Schließlich war Futawatari hier, um seinen Rücktritt zu erzwingen.

Das unbewegte Gesicht wandte sich ihm zu.

»Ich dachte mir schon, dass Sie es sein würden.«

Es war der Ton, den Osakabe ausnahmslos Leuten vorbehielt, die im Rang unter ihm standen. Futawatari war dreißig gewesen, als er sich zum ersten Mal so hatte anreden lassen müssen. An den Respekt gewöhnt, mit dem man ihn in der Verwaltungsabteilung behandelte, hatte er das damals als Schlag ins Gesicht empfunden. Doch was ihn jetzt traf, war weniger der Ton, den er erstmals seit Jahren wieder hörte. *Ich dachte mir schon, dass Sie es sein würden.* Das waren seine Worte gewesen. Was hatte er sich schon gedacht? Dass die Oberen auf Tauchstation gehen würden. Dass sie Futawatari schicken würden, der in seinem zweiten Jahr als Polizeioberrat aus Osakabes Sicht nicht mehr als ein Küken war.

Er hatte es alles vorhergesehen.

Osakabe kehrte ihm schon wieder den Rücken, wie zum Zeichen, dass die Unterredung beendet war. Der Chauffeur war dabei, die Winterreifen aufzuziehen. Sie würden morgen um sechs Uhr aufbrechen, zu einem Abladeplatz tief in den Bergen, wo noch Schnee lag. Mehr hatte Futawatari den Äußerungen der beiden nicht entnehmen können. Er wusste sich keinen besseren Rat, als einen Schritt zurückzutreten und der Arbeit zuzuschauen. Auf dem Rücksitz des Wagens sah er einen hohen Stapel Straßenkarten. Die Anzahl erschien ihm übertrieben, sie erinnerte ihn an die Wandkarte in Osakabes Büro.

Osakabe wartete, bis die Reifen fertig montiert waren und der Chauffeur sich mit einer tiefen Verneigung von ihm und mit einem höflichen Nicken von Futawatari verabschiedet hatte; erst dann wandte er sich wieder um. Breitbeinig dastehend richtete er den Blick auf Futawatari. Offenbar hatte er nicht die Absicht, ihn ins Haus zu bitten. *Also los. Spucken Sie's aus.* Er hätte es ebenso gut laut sagen können.

Das Thema gehörte nicht zwischen Tür und Angel besprochen, aber Futawatari war klar, dass ihm keine Wahl blieb. Er schluckte etwas Speichel und hoffte nur, dass Osakabe es nicht gehört hatte.

»Herr Direktor. Wir müssen die Gründe für Ihre Entscheidung wissen«, sagte er mit zugeschnürter Kehle.

Osakabe schwieg.

»Für Direktor Kudo wird kein Posten verfügbar sein.« Das war eins der Argumente, die er sich zurechtgelegt hatte. Kudo war drei Jahre jünger als Osakabe, und Osakabe hatte ihn stets als seinen Schützling betrachtet.

Immer noch keine erkennbare Reaktion. Die tief liegenden Augen blieben ausdruckslos auf Futawatari geheftet, als versuchte er sich über etwas klar zu werden.

»Herr Direktor, das stellt uns vor echte Probleme.«

»...«

»Es bedeutet einen Gesichtsverlust für die Polizei als Ganzes.« Auch dieses Argument hatte er sich zurechtgelegt. Er zog alle Register.

Osakabes Mund öffnete sich. »Niemand muss sich Sorgen machen.«

»Herr Direktor?«

Futawatari verstand nicht recht, was er meinte, schöpfte aber ein klein wenig Hoffnung.

»Es wird sein, als wäre nie etwas gewesen.«

»Ich ...«

»Ich sage Ihnen, es besteht kein Grund zur Aufregung. Wenn das hier erledigt ist, wird es sein, als wäre nie etwas gewesen.« Damit ließ Osakabe ihn stehen.

Die Hoffnung hatte getrogen. Sie war nie real gewesen.

Das war alles, was Futawatari begriff. Er eilte Osakabe nach. »Herr Direktor. Warum weigern Sie sich …«

Osakabe drehte sich um, gänzlich ungerührt. »Das braucht euch nicht zu kümmern.«

Die Tür fiel ins Schloss, Futawataris ausgestreckte Hand blieb in der Luft hängen. *Das braucht euch nicht zu kümmern.* Wen meinte er? Die Verwaltungsabteilung? Die Polizei insgesamt? Für Osakabe war die Polizei wie eine Mutter. Warum sollte er sie sich zum Feind machen wollen?

Das Verandalicht ging aus.

Futawatari fand beim besten Willen nicht den Mut, auf den Klingelknopf zu drücken.

5

Und wag es nicht, zurückzukommen.

Das ganze alte Kindheitstrauma – als er aus der Börse seines Vaters Geld geklaut hatte und aus dem Haus hinausgeworfen worden war – wurde schlagartig wieder in ihm wach. Die Verwaltungsabteilung lag in weiter Ferne. Osakabe hatte ihn behandelt wie einen Laufburschen. Er hatte in Rätseln gesprochen, Nebelkerzen gezündet. Futawatari hatte das Feld räumen müssen, ohne den Motiven des Mannes auch nur einen Millimeter näher gekommen zu sein.

Jetzt bretterte er die pechschwarze Präfekturstraße entlang. Sein Plan war, einen seiner Jahrgangsgenossen, Yasuo Maejima, im W-Block zu besuchen. *Maejima kennt Osakabe.* Schon die kleinste Information konnte nutzen. Irgendetwas, das sich als Druckmittel verwenden ließ … Ihm war klar, dass er im Affekt handelte, aber der Grimm trieb ihn weiter voran.

Der W-Block war ein vierstöckiger Bau mit Polizeiwohnungen. Der Name rührte daher, dass dort Führungsbeamte von Direktion W wohnten. Ursprünglich war das Gelände nur mit vier Bungalows bebaut gewesen, aber ein Projekt zur besseren Nutzung der Bodenfläche hatte dazu geführt, dass im letzten Frühjahr der neue Komplex entstanden war, der sechzehn Familien Wohnraum bot.

Maejima begrüßte Futawatari hocherfreut. Es war noch nicht sieben, aber er steckte schon in einem karierten Pyjama und duftete penetrant nach dem Haaröl, das er nach dem Duschen benutzte. Dass er als Dezernatsleiter der Kriminalabteilung in Direktion W so früh schon zu Hause war, grenzte an ein Wunder, doch Futawatari verdankte es nicht der Intuition allein, dass er ihn in diesem seltenen Moment der Muße antraf. Er hatte sicherheitshalber angerufen, um nicht gleich vor der nächsten verschlossenen Tür zu stehen. *Keine Angst, es ist nichts Dienstliches.* Das hatte Futawatari extra betont, bevor er das Gespräch beendete.

»Komm rein. Da haben wir es schön ruhig.«

Maejima war allein; seine Frau und die Kinder, so erklärte er Futawatari, seien die Großeltern besuchen gefahren. Das schien etwas seltsam angesichts der Tatsache, dass seine Frau noch vor fünf Minuten ans Telefon gegangen war, aber es war Futawatari ganz recht so. Osakabe hatte als Brautwerber für das Paar fungiert. Wenn im Gespräch sein Name fiel, würde Maejimas Frau hellhörig werden.

Die Wohnung war aufgeteilt wie die meisten Polizeiunterkünfte. In der Ecke des Tatami-Raums, der nachts zum Schlafzimmer umfunktioniert wurde, stand ein nagelneuer Schreibtisch, der aussah, als wäre er ganz frisch geliefert worden. An einem Haken an der Wand hing ein glänzender schwarzer Schulranzen. Natürlich, Maejimas ältestes Kind, das »Kleine«, von dem er immer geredet hatte, musste inzwischen im Schulalter sein. Das kam hin, dachte Futawatari. Auch dass er die Geburtsanzeige für das Geschwisterchen erhalten hatte, war ja schon wieder etliche Jahre her. Er machte sich klar, dass er nicht einmal wusste, ob Maejimas Erstgeborenes bei ihm immer noch »Kleines« hieß.

»Wie stehts bei euch in der Abteilung?«, rief Maejima aus der Küche herüber, bevor er sich unter dem Noren hindurchbückte – wohl ein Souvenir von einem Familienurlaub –, in jeder Hand ein Bier.

»Alles wie gehabt.« Futawatari lehnte mit einem Seufzer ab; er könne leider nicht trinken, entschuldigte er sich, aber Maejima solle sich keinen Zwang antun.

»Schwarz und Weiß immer noch ein Herz und eine Seele?«

Maejima grinste und ließ das Bier schaumig in sein Glas laufen. Diese Art von Geflachse war bei der Kripo gang und gäbe. In der Verwaltung war Futawatari der Scherz über Oguro und Shirota, der darauf abhob, dass ihre Namen das Schriftzeichen für Schwarz beziehungsweise Weiß enthielten, noch nie zu Ohren gekommen.

»Kikyos Mutter wartet auch drauf, dass du dich wieder mal blicken lässt. Beschwert sich darüber, dass du dich dieser Tage so rarmachst.«

Maejima war gesprächig wie stets. Er sprang von Thema zu Thema, wechselte Meinungsbekundungen mit komischen Anekdoten ab, ohne dabei freilich ein Wort über die Fälle zu verlieren, an denen er arbeitete. Es war beeindruckend. Der Mann war zu einem unentbehrlichen Rad im Ermittlungsgetriebe geworden.

Beamte, die miteinander die Polizeischule durchlaufen hatten, waren in der Regel verbunden wie Geschwister. Man lebte zusammen, man arbeitete auf dasselbe Ziel hin. Man war in engen Wohnheimzimmern zusammengepfercht, fast ganz ohne Privatsphäre, und unterwarf sich dem gnadenlosen Training der Grundausbildung. Man tröstete sich gegenseitig, vergoss Tränen und gelobte gemeinsam, Recht und Ordnung zu sichern. Futawatari und Maejima bildeten da keine Ausnahme. Seitdem war jeder seinen Weg gegangen, die Rangstufe trennte sie, denn Futawatari war bereits Polizeioberrat, während Maejima lediglich Polizeirat war, und doch mussten sie sich nur treffen, und schon fühlten sie sich zurückversetzt in ihr stickiges Kabuff in der Gemeinschaftsunterkunft. Mit dem einzigen Unterschied, dass sie nicht mehr über die Arbeit redeten. Das hatte sich ganz natürlich ergeben. Und auch wenn es eine größere Distanz zur Folge hatte, war es doch statt der brüderlichen Nähe immer noch die zwischen Cousins.

»Und du sagst, du hast den Direktor gesprochen?« Maejima sah Futawatari an, und seine Wangen röteten sich leicht. Osakabe hatte ihm als Brautwerber gedient, aber trotzdem war er auch für ihn noch »der Direktor«.

»Ja, wir konnten ein paar Worte wechseln.«

Ganz begierig beugte Maejima sich vor. »Und? Wie geht es ihm?«

»Er ist ganz der Alte.«

»Letztes Jahr soll er es ja an der Leber gehabt haben.«

»Besuchst du ihn noch manchmal?«

»Ein-, zweimal im Jahr, sicher. Da wäscht er mir dann jedes Mal den Kopf. Sagt mir, ich soll mir nicht die Mühe machen, sondern mich lieber auf die Arbeit konzentrieren«, sagte Maejima mit einem Lachen. Dann erinnerte er sich an etwas. »Ich habe gehört, dass er jetzt doch länger bei der Stiftung bleibt?«

Der überrumpelte Futawatari hätte sich fast verschluckt.

»Von wem hörst du so was?«

»Von der Cousine meiner Frau. Sie arbeitet dort. Letzte Woche war das, glaube ich, als sie kam und uns das erzählt hat. Oder vorletzte.«

Maejima argwöhnte eindeutig nicht, dass dies der tiefere Grund für den Besuch war. Und von den Plänen für Kudo nach dessen Abschied bei der Kommunalen Sicherheit wusste man in der Kriminalabteilung von Direktion W wahrscheinlich erst recht nichts. Mit leichten Gewissensbissen machte sich Futawatari daran, das Gespräch noch ein wenig auszubauen.

»Er hat mir erzählt, dass seine jüngste Tochter heiratet.«

»Megu. Genau, im Juni.«

»Juni. Ah ja.«

Megu Osakabe. Futawatari hatte sich in Osakabes Akte kundig gemacht. *Studium an einer Privatuniversität. Arbeitet in einem Reisebüro in Tokio. Dreißig.* Sie schien etwas spät dran mit dem Heiraten, auch wenn Futawatari klar war, dass es inzwischen nichts Ungewöhnliches mehr war, wenn Frauen warteten, bis sie die dreißig überschritten hatten. Aber noch etwas anderes beschäftigte ihn an dieser für Juni geplanten Hochzeit. Megu war Osakabes Jüngste. Für den Direktor würde dies zweifellos ein Ereignis von einschneidender Bedeutung sein.

»Gehst du hin?«

»Auf jeden Fall. Ich werde mir doch die Gelegenheit nicht entgehen lassen, Osakabe weinen zu sehen.«

»Osakabe und weinen?«

»Er sieht vielleicht nicht so aus, aber er vergöttert seine Töchter.«

»So sehr, dass er deshalb weint? Nein, das kann ich mir nicht vorstellen.«

»Doch. Verlass dich drauf. Gerade bei Megu. Sie war immer sein Hätschelkind. So ein bisschen schwächlich. Und, na ja, dann dieser ganze andere Mist, der ihr passiert ist.« Der lässige Ton war aus Maejimas Stimme gewichen.

»Dieser ganze andere Mist?«

Maejima blinzelte und schaute erschreckt, als Futawatari die Worte wiederholte. »Ach, egal.«

»Welcher andere Mist?«

»Wie auch immer …« Maejima sah ihn an, wie um klarzustellen, dass er nie etwas gesagt hatte.

Futawatari hielt seinen Blick eine Weile fest, bevor er den seinigen senkte und sich eine Handvoll Erdnüsse nahm. Einen Kriminalbeamten würde er niemals zum Niedersehen zwingen können, so viel war ihm klar, aber seine Gedanken überschlugen sich. Konnte das Verhalten des Mannes etwas mit seiner Tochter zu tun haben? Eine neue Theorie nahm in ihm Gestalt an. Ihre Hochzeit – die Hochzeit von Osakabes Jüngster – würde im Juni gefeiert werden. War es möglich, dass er bis dahin ganz einfach den Titel behalten wollte?

Es schien ein denkbar lachhafter Grund. Osakabes Rückzug aus dem Amt würde nichts daran ändern, dass er Direktor des KUA und Vorstandsvorsitzender der Stiftung gewesen war. Er konnte auch so ein stolzer Brautvater sein.

Aber das war vielleicht nur Futawataris eigene, leidenschaftslose Sichtweise und ohne jede Gültigkeit für einen Mann, der so rückhaltlos in seinem Beruf aufgegangen war wie Osakabe.

Futawataris Vater war genauso gewesen – ein Handelsvertreter vom alten Schlag, für den es nichts gab als die Arbeit und der sich in den Jahren des Wirtschaftsbooms komplett aufgerieben und darüber Magen und Leber ruiniert hatte. Sein Leiden hatte sich hingezogen. Er hatte seine Stelle verloren, war eigenbrötlerisch und alt geworden. Das einzige Ritual, das er beibehalten hatte, war es gewesen, die Kleinanzeigen in der Morgenzeitung zu lesen. Futawatari erinnerte sich daran, wie er nach seinem Abschluss an der Polizeischule nach Hause geeilt war. *Um mich brauchst du dir keine Sorgen mehr zu machen. Ich kann jetzt auf eigenen Füßen stehen.* Mit diesen Worten hatte er seinen Vater begrüßen wollen, doch die Mutter war schneller gewesen. *Liebling, Shinji hat es geschafft. Er ist jetzt ein vollwertiges Mitglied der Gesellschaft.* Sein Vater hatte nicht einmal ein Lächeln für ihn übrig gehabt. *Und wo bleibe ich?* Seine Miene hatte sich verdüstert, eine Mischung aus Bitterkeit und Neid auf den eigenen Sohn. Es war der Augenblick gewesen, in dem Futawatari alle Illusionen über die Natur des Menschen verloren hatte. Der Augenblick, in dem er sich geschworen hatte, selbst niemals so zu werden.

Etwas an Osakabe erinnerte ihn an seinen verstorbenen Vater. Es war einer der Gründe für seine Antipathie gegen den Mann.

Wobei er seinen Standpunkt bis zu einem gewissen Grad sogar nachvollziehen konnte. Osakabe ging es weder um den Titel als solchen noch um den lukrativen Posten. Er wollte aktiv im Arbeitsleben stehen. So gesehen war seine Weigerung zu gehen durchaus zwingend, und die nahende Hochzeit verstärkte den Druck auf ihn noch. Mit dreißig zu heiraten war spät, moderne Sitten hin oder her. Etwas war mit Megu passiert, das den Aufschub verschuldet hatte. Eine junge, unverheiratete Frau – Futawatari konnte sich nur ein paar wenige Szenarien vorstellen, die sich mit Maejimas Worten umreißen ließen. Bei allen war ein Mann im Spiel, und alle endeten sie in Tränen.

Megu war Osakabes Ein und Alles. Sie hatte gelitten, und nun brachen endlich auch für sie glückliche Zeiten an. Von Vatergefühlen überwältigt, wollte Osakabe ihr eine so prächtige Feier ausrichten wie nur irgend möglich. Erhobenen Hauptes, mit beiden Beinen im Leben stehend, so wollte er sie durch ihren großen Tag geleiten.

Futawataris Kehle war trocken. Und wenn er nun auf dem völlig falschen Dampfer war? Aber Osakabe hatte es doch vor zwei Stunden selbst gesagt. *Das braucht euch nicht zu kümmern.* Hatte er damit gemeint, dass es letztlich nicht die Polizei betraf? Dass es eine Familienangelegenheit war? Dass er es – nach allem, was sie durchgemacht hatte – einzig und allein für Megu tat?

Konnte die Frau eines Polizeibeamten je glücklich sein? Die Frage war eine, die Futawatari bisher immer umschifft hatte. Ihm fehlte der Mut, sie seiner Frau zu stellen, die konstanter Beobachtung von innerhalb wie außerhalb der Polizei ausgesetzt war – die nicht nur ihn geheiratet hatte, sondern mit ihm diese abgeschottete Gemeinschaft, deren Enge einem die Luft zum Atmen nehmen konnte. Aber immer wieder dachte er: *Nicht auch meine Tochter* … Sie war jetzt in der fünften Klasse, ihre Brust entwickelte sich schon. Um diese Zeit schlief sie sicher, atmete weich durch die Drähte ihrer Zahnspange. Futawatari wünschte ihr ein Leben frei von all solchen Zwängen, ein Leben, in dem sie die Welt nach Belieben erkunden konnte, ohne je den lastenden Druck kennenzulernen, den sein Polizistendasein auf ihre Eltern ausübte. Er wünschte es ihr von ganzem Herzen.

»Er ist ein Vater, wie wir«, murmelte Futawatari in sich hinein. Es war das erste Mal, dass er in Osakabe den Menschen aus Fleisch und Blut sah, dass der Mann für ihn mehr wurde als nur ein Ungeheuer fern in den Tiefen des KUA.

»Natürlich«, sagte Maejima, seine erste Äußerung, seit ihm sein Versprecher unterlaufen war; seine Stimme klang befreit und eine Spur wacklig.

»Trotzdem kann ich mir nicht vorstellen, dass die Familie für ihn in seiner aktiven Zeit eine sehr große Rolle gespielt hat.«

Maejima äußerte ein weiteres »Natürlich«, etwas sonorer diesmal.

»Wie war er als Direktor?«

»Phänomenal.«

»In welcher Hinsicht?«

»In jeder.«

»Eine Art Superman also?«

»Mehr oder weniger.« Maejima war so nett, nicht hinzuzufügen: *So was kapiert ihr von der Verwaltung natürlich nicht.* Stattdessen sagte er: »Nur als Beispiel – Verbrecher kehren nie an den Tatort zurück.«

»Was ist das? Ein weiser Spruch von ihm?«

»Genau.«

»Aber das tun sie doch, oder?«

»Nein, das ist gerade der Punkt. Ich habe die Fälle aus zehn Jahren überprüft. Kein einziges Mal ist der Täter an den Schauplatz des Verbrechens zurückgekehrt.«

»Und diese Erkenntnis teilt er euch mit, und euch allen verschlägt es den Atem, oder wie?«

»Darum geht es nicht.« Maejima klang leicht unwillig. »Seine ganze Jugend sieht man diese Polizeiserien, und man wird darauf konditioniert, so wie du, zu denken, dass es den Täter immer an den Tatort zurückzieht. Aber jetzt stell dir vor, du hast ein Verbrechen begangen. Da bringen dich keine zehn Pferde an den Tatort zurück. Warum? Weil du eine Heidenangst hast, erwischt zu werden. Logisch, oder?«

»Vermutlich.«

»Was er uns damit sagen wollte, ist einfach, dass wir in unserem Beruf nichts je als selbstverständlich voraussetzen dürfen. Heutzutage dringt ja so unvorstellbar viel an Informationen nach außen. Ermittlungstechniken. Forensisches Wissen. Es gibt da draußen inzwischen Leute, die sich besser auskennen als wir Ermittler. Osakabe hat uns beigebracht, dass wir unseren Stolz hintanstellen und uns von unseren vorgefassten Meinungen verabschieden müssen, nur dann werden wir zu echten Kriminalern.«

Durch den Alkohol beflügelt, kam Maejima immer mehr in Fahrt. Die Geschichten, die er von Osakabe erzählte, waren allesamt fesselnd. Futawatari begriff – nicht ohne einen Anflug von Neid, wie er feststellte –, dass Maejima mit Osakabe einen Vorgesetzten gehabt hatte, den er ohne Einschränkung bewunderte, einen, über den er mit nichts als Hochachtung sprach.

Als er ging, versprach er, bald wiederzukommen, auch wenn ihm unklar war, wann das gelingen sollte. Er spürte ein warmes Gefühl in der Brust, während er gegen den kalten Wind anstapfte. Von dem Zorn und der Demütigung, die das Treffen mit Osakabe in ihm aufgewühlt hatte, war nichts mehr zu merken. Er hatte sich eingeredet, dass er zu Maejima fuhr, um ein Druckmittel zu erlangen, aber möglicherweise hatte er einfach mit einem Freund reden wollen. Vielleicht war das der wahre Grund für seinen Besuch gewesen.

Als er den Parkplatz überquerte, blieb Futawatari jäh stehen. Im Schein der Bogenlampen sah er im Fenster eines Kombis mit den wohlbekannten grellen Seitenstreifen das Gesicht einer Frau. Neben ihr tauchten zwei Kinderköpfe auf und wieder ab. Maejimas »Kleine«. Der Motor war ausgeschaltet, aber niemand machte Anstalten, auszusteigen. *Du schlauer Hund.* Futawatari blickte zu dem Licht zurück, das aus Maejimas Wohnung kam. Der Mann hatte seine Familie gebeten, draußen zu warten. Er hatte es so gedeichselt, dass er sich allein mit Futawatari unterhalten konnte. Es war Versetzungszeit. Da war es nur natürlich, dass er herauszufinden hoffte, was auf ihn zukam. Würde er befördert werden? Bleiben, wo er war? Musste er packen, sich auf einen Umzug einstellen? Musste er sich Gedanken darüber machen, welche Schule seine Kinder besuchen würden?

Futawataris Wirken hatte Konsequenzen.

Vielleicht hatten die Kinder ja irgendwo ein Eis bekommen.

Futawatari trat hart aufs Gas und ließ den Fuß dort, bis der Kombi aus seinem Rückspiegel verschwunden war.

6

Näheres über Megu Osakabe herauszubringen war nicht schwer.

Gleich am nächsten Morgen stattete Futawatari den Arrestzellen im Keller des Nordflügels einen Besuch ab. Shori Sasaki war dabei, mithilfe eines Zettels in seiner Hand Zahlen auf einer Wandtafel zu notieren. Seine erste Aufgabe war es jeden Morgen, die diversen Bezirksdirektionen abzutelefonieren und die aktuelle Anzahl der Untersuchungshäftlinge in der Präfektur zu ermitteln. Sein Schreibtisch quoll über von Akten und den losen Seiten einer Anfrage von einer Menschenrechtsorganisation, die Auskünfte über den Nährwert der im Untersuchungsgefängnis ausgegebenen Mittagsmahlzeiten forderte. Nach den Papierbergen zu urteilen, war Sasaki eifrig mit der Ausarbeitung einer Antwort beschäftigt.

Futawatari nahm ihn mit in die Cafeteria in der Versorgungsstelle. Dort gab es einen Sitzbereich mit ein paar runden Tischen im hinteren Teil. Futawatari versuchte das Thema diskret anzuschneiden, aber Sasaki dachte gar nicht daran, die Stimme zu senken.

»Ja, sicher, das war erzwungener Beischlaf.«

Futawatari wusste nicht gleich, was er antworten sollte. Es kostete ihn einige Überwindung, nach Einzelheiten zu fragen.

Megu Osakabe war vor fünf Jahren in der Nähe eines Campingplatzes im Norden der Präfektur vergewaltigt worden. Der Angriff war erfolgt, als sie im Wald Holz gesammelt hatte. Ihr Verlobter war mit ihr auf dem Zeltplatz gewesen. Kaum auszudenken, was die beiden nach dem Vorfall durchgemacht haben mussten. Am Ende war die Verlobung gelöst worden. Das war es, was Maejima mit dem »ganzen anderen Mist« gemeint hatte.

Verdammt!

Futawatari stieß einen tiefen Seufzer aus. Nicht, dass er nicht selbst schon an die Möglichkeit einer Vergewaltigung gedacht hatte, aber es auf diese Weise bestätigt zu hören, versetzte ihm dennoch einen Stich.

»Ist der Täter festgenommen worden?«, fragte er so ruhig wie möglich.

Sasaki schüttelte den Kopf. »Nein, der Kerl hat eine Strumpfmaske getragen. Wir wissen, dass er nicht der Jüngste war, aber mehr auch nicht. Wir konnten keinerlei Spuren sichern. Er hat nicht mal ejakuliert.«

Futawatari wurde es flau im Magen.

Wenn der Mann irgendwelche Körperflüssigkeiten hinterlassen hätte, dann hätten sie seine Blutgruppe bestimmen und vielleicht einen DNA-Test durchführen können, um seiner habhaft zu werden. Futawatari dachte an sein gestriges Gespräch mit Maejima, an die Worte Osakabes. Da war er, der Mann mit dem nötigen Fachwissen, um die gängigen Ermittlungsmethoden und forensischen Technologien auszuhebeln, der Mann, der sich zu einem Verbrechen hinreißen ließ, aber seine Triebe doch ausreichend im Griff hatte, um der Verhaftung zu entgehen.

»Was hat Osakabe gemacht? Ich kann mir nicht vorstellen, dass er …«, setzte Futawatari an, aber Sasaki schaute nur weg und schnaubte, wie um zu sagen: *Woher zum Teufel soll ich das wissen?*

Shori Sasaki hatte lange im Kommissariat Gewaltverbrechen gearbeitet. Er war stolz gewesen auf seine Arbeit, er sah darin die Schlüsselfunktion des KUA. Er hatte es zum Polizeiratsanwärter gebracht, zwei Ränge unter seinem Jahrgangsgenossen Futawatari, aber ihm war es Ehre genug gewesen. Dann, vor vier Jahren, war er aus heiterem Himmel wegversetzt worden. Bis zum heutigen Tag war er überzeugt, dass hinter dieser plötzlichen Wende in seinem Schicksal Osakabe steckte.

Sasaki nippte schweigend an seinem Kaffee, sein Ausdruck der eines Mannes, der an irgendeinem Punkt jede Hoffnung auf ein Vorankommen bei der Polizei aufgegeben hat. Einige wie ihn gab es in jeder Abteilung, Männer, die der alljährlichen Versetzungszeit ohne irgendein Anzeichen von Unruhe entgegenblickten.

Das Geräusch lachender Stimmen ließ Futawatari in Richtung Fenster schauen. Eine Gruppe von Verkehrspolizisten ging draußen vorbei; offenbar bereitete ihnen etwas einen Riesenspaß.

Futawatari versuchte sich Osakabes Gefühle vorzustellen. Seine geliebte Tochter war vergewaltigt worden, aber die Bestie war immer noch auf freiem Fuß, und das, obwohl er selbst die Ermittlung geleitet hatte, die dem Scheusal das Handwerk hätte legen sollen.

Ein Detail aus Osakabes Akte fiel ihm ein. *Vor fünf Jahren.* Das war das Jahr von Osakabes Beförderung zum

Direktor. Was hieß, es war das Jahr, in dem auch der Mord an der Büroangestellten begangen worden war.

Sasaki wollte schon aufstehen, aber Futawatari hinderte ihn mit einer Handbewegung daran. »Vor fünf Jahren. Wurde da nicht auch diese Büroangestellte ermordet?«

»Doch. Aber mit dem Fall hatte ich nichts zu tun. Das war Maejimas Team.«

»Und Osakabes Tochter wurde im selben Jahr überfallen.«

»Es gab sieben solcher Fälle.«

»Sieben?«

»Sieben Fälle von Vergewaltigung ohne Ejakulation. Beim letzten wurde das Opfer ermordet.«

»Was es immer derselbe Mann?«

»Das weiß niemand. Der Täter trug jedes Mal eine Strumpfmaske, was darauf hindeuten würde, aber belastbares Beweismaterial gab es nie.«

»Aber wahrscheinlich ist es, oder? Gerade wenn der letzte Fall der war, der mit dem Mord endete. Vielleicht hatte die Frau sein Gesicht gesehen und musste deshalb sterben. Das hat ihn dann natürlich davon abgebracht, weiterzumachen.«

»Sicher, das kann sein. Aber die wenigsten Fälle sind so einfach.«

Sie trennten sich am Eingang des Nordflügels. Sasaki kehrte zurück in seine schlecht beleuchteten Kellerräume. Futawatari sah ihm nach, wie er mit lethargischen Bewegungen den Nacken kreisen ließ. Er hatte sich auf ein Gespräch über den Fall eingelassen, und ein wenig war dabei der Ermittler von früher durchgeblitzt, aber die Frage, die ein echter Kripo-Mann als Allererstes hätte stellen müssen, hatte er nicht gestellt: Warum interessierte sich jemand aus der Verwaltung überhaupt für die Sache?

Futawataris Gedanken rasten, während er die Treppe hinaufstieg. Er nahm die Stufen mit bewusst langsamen Schritten, als könnte das die zwingende Schlussfolgerung hinauszögern.

Ein Fall, der ungeklärt geblieben war. Ein Täter, der höchstwahrscheinlich Osakabes eigene Tochter vergewaltigt hatte. Da es ihm nicht gelungen war, den Mann seiner Strafe zuzuführen – was musste jemandem wie Osakabe mit seiner vierzigjährigen KUA-Erfahrung das dringendste Anliegen sein?

Die Antwort hatte von Anfang an auf der Hand gelegen.
Ihn zur Strecke zu bringen.

Osakabe hatte mit dem Fall noch nicht abgeschlossen. Er ermittelte weiter. Er würde den Schuldigen vor den Richter bringen, und er würde es vor Megus Hochzeit im Juni tun.

Jetzt war klar, warum er sich weigerte, aus dem Amt zu scheiden. Er musste seine Position in der Stiftung nutzen. Sein Haus war auf allen Seiten von Glanzmispelhecken umschlossen, ohne jede Lücke, wo ein Auto hätte stehen können. Sprich, er besaß keins. Und vielleicht war es damit noch nicht getan. Als Veteran einer Zeit, in der Kriminalbeamte traditionsgemäß mit dem Fahrrad oder dem Motorrad unterwegs waren, hatte er womöglich nicht einmal einen Führerschein. Er konnte seinen Wagen und den Chauffeur nicht entbehren. Er brauchte beides für seine Ermittlungen, denn nur so konnte er Tag für Tag ungehindert kreuz und quer durch die Präfektur fahren.

Futawatari rief sich die riesige Landkarte im Büro der Stiftung vor Augen. Die Unzahl mit Rotstift eingezeichneter Linien, die sich verästelten wie Blutgefäße. War es denkbar, dass sie nicht die Arbeit der Stiftung abbildeten, sondern Osakabes Privatermittlungen?

Moment ...

Futawatari blieb mitten auf dem Treppenabsatz stehen. Worin genau bestanden diese Ermittlungen? Sein Mangel an Praxiserfahrung machte es ihm schwer, sich Einzelheiten auszumalen. Nahm Osakabe die Inspektionen als Vorwand, um die Orte zu besuchen, an denen die Angriffe verübt worden waren? Futawatari wusste, dass Ermittler einen Tatort oft wiederholt aufsuchten, aber es schien ihm wenig wahrscheinlich, dass dies Osakabe jetzt, fünf Jahre nach der Tat, zu neuen Erkenntnissen verhalf. Klapperte er dann zwischen den Inspektionen die Umgebung ab, um nach zusätzlichen Hinweisen zu fahnden? Auch das, so sein Verdacht, wäre reine Zeitverschwendung. Eine Sonderkommission von mehr als hundert Beamten hatte sich an jedem der Fälle abgearbeitet. Und Osakabe hatte die Ermittlungen persönlich geleitet.

Dennoch waren sie des Täters nicht habhaft geworden.

Was konnte da ein Einzelner zu erreichen hoffen?

Ein pechschwarzer Bergpfad. Osakabes einsame Gestalt.

Futawatari erklomm die letzten Stufen in der Gewissheit, nun den Grund zu kennen, aus dem sich der Mann weigerte abzutreten. Es fühlte sich an, als lastete ein Mühlstein auf seinen Schultern.

7

»Sie arbeiten dran!« Wütend funkelte Direktor Oguro den vor ihm strammstehenden Futawatari an. Sein Sessel ächzte unter seiner Leibesfülle. »Was soll das heißen, Sie arbeiten dran?«

»Osakabe verweigert jeden Kommentar, Herr Direktor. Fest steht nur, dass er nicht beabsichtigt, seine Meinung zu ändern.«

»Tja, das ist leider nur zu offensichtlich.«

Oguro knallte die Visitenkarten, mit denen er herumgespielt hatte, vor sich auf den Tisch. Futawatari erkannte die Namen mehrerer Vertreter von Baufirmen sowie die einiger Treuhänder der Stiftung. Oguro hatte sie vor einer Stunde zu sich ins Büro bestellt. *Berufen Sie eine Vorstandssitzung ein, eine Vollversammlung, was auch immer. Schmeißen Sie ihn raus.* Oguro hatte seine Forderungen gestellt, aber die Geladenen hatten nur entschuldigend die Köpfe geneigt. Alle fürchteten sie Osakabe. Noch drei Jahre zuvor hatte er das KUA geleitet. Er hatte Zugang zu sämtlichen Informationen, die Dezernat II unter seiner Ägide gesammelt hatte, Informationen, die in vielen der Fälle strafrechtlich durchaus relevant werden konnten. Ein falscher Schritt, und die Branche durfte sich auf eine weitere Runde von Korruptionsverfahren gefasst machen. Sie hatten alle nur verschreckt geschaut.

Dezernatsleiter Shirota war schon seit Mittag unterwegs, Klinkenputzen bei den namhaften Nahrungsmittelherstellern der Präfektur. Er hatte die Aufgabe, einen Notposten für Kudo aufzutun, falls alle Stricke rissen und ihre Bemühungen, Osakabe aus dem Amt zu entfernen, im Sande verliefen. *Berater – irgendwas in der Art – nur für ein Jahr.* So versuchte er die Firmen zu überreden, aber die Konjunktur lahmte, und es stand nicht zu hoffen, dass sie ohne Weiteres einwilligten. Und selbst wenn er ihnen eine Zusage abrang – der Presse würde die Planänderung wohl kaum entgehen. Über die Hintergründe von Kudos neuem Posten war bereits berichtet worden. Jemand würde sicher herumschnüffeln und wissen wollen, warum Kudo der Nahrungsmittelindustrie aufgedrückt worden war, statt wie vereinbart Vorstandsvorsitzender der Stiftung zu werden. Das Resultat würde zweifellos ein Artikel sein, der die Zwistigkeiten innerhalb des Präsidiums ins Blickfeld rückte.

»Ich erwarte von Ihnen, dass Sie eine Lösung finden.« Oguros Atem ging rasselnd, als würde er Blei husten. »Wir haben noch zwei Tage. Drohen Sie ihm zur Not. Finden Sie einen Schwachpunkt. Saugen Sie sich an ihm fest wie ein gottverdammter Krake, bis er einknickt.«

»...«

Futawatari verstand, warum es so wichtig war, dass Osakabe seinen Posten räumte. Ohne zu wissen, wessen Beurteilung oder Empfehlung er selbst seine derzeitige Position verdankte, fühlte er sich mit seinen zweiundvierzig Jahren doch ohne Wenn und Aber als loyales und streitbares Mitglied der Verwaltungsabteilung. Die Polizei bestand aus mehr als nur KUA und Schutzpolizei. Futawatari hatte nichts gegen diese Abteilungen per se, aber er wusste, das System brauchte Leute, die sie in ihre Schranken zu weisen vermochten, Leute, die den Apparat von innen heraus stärkten und seinen Erhalt über die Generationen hinweg sicherstellten.

Das war die Aufgabe der Verwaltungsabteilung.

Wenn sie zu Fall kam, dann fiel der ganze Apparat mit ihr. Die Polizei konnte nur dann eine geschlossene Front bilden, wenn diejenigen Abteilungen, die in der Verwaltung nichts als eine bürokratische Maschinerie sahen, immer wieder daran erinnert wurden, dass auch sie notwendiger Teil des Ganzen war. Und die wirkungsvollste Waffe in diesem Kampf war das Personalbüro. Deshalb konnten sie diese Eigenmächtigkeit unmöglich dulden.

Von Megu würde er Oguro dennoch nichts sagen, so viel stand für Futawatari fest. Vielleicht, weil es gegen seine Polizistenehre ging, ganz sicher wusste er es nicht. Und er hatte selbst eine Tochter. Das spielte bestimmt mit hinein. Außerdem weckte Oguros Art den Rebellen in ihm. Der Mann war der Prototyp des Karrieristen, der seine Eigeninteressen über alles andere stellte. Osakabe bereitete ihnen Ärger, das ja, aber er gehörte zur Familie. Oguro – bestenfalls ein entfernter Verwandter – hatte kein Recht, sich einzumischen.

Das braucht Sie *nicht zu kümmern.*

Als Oguro ihn entließ, sah Futawatari als Erstes im Sommerhaus nach dem Rechten. Ueharas Finger flogen über die Tasten, sein Blick war nicht mehr verzweifelt. Der Präsident hatte die umgeänderten Versetzungspläne abgeseg-

net, und die Arbeit war in Phase zwei eingetreten: die Neuverteilung der Posten im mittleren Dienst.

»Alles in Ordnung?«

Uehara nickte fröhlich und runzelte dann die Stirn:
»Herr Inspektor, wie steht es in der anderen Sache?«

*Zeig diese Umsicht auch im Gefecht, und du wirst es weit
bringen.*

Mit solchen Überlegungen im Hinterkopf verließ Futawatari das Gebäude und eilte hinüber zu den Parkplätzen.
Er würde Osakabe zum Rückzug zwingen.

Das hieß, er musste den Mann seiner Rüstung entklei-
den und sein schlagendes Herz zu fassen bekommen. Aber
Futawatari war fest entschlossen, und er hatte einen Plan.

8

Futawatari wartete fast zwei Stunden im Auto, auf demselben Wiesenstück am Fluss wie beim letzten Mal.

Es dämmerte schon, als die schwarze Limousine in Sicht kam. Nur das Standlicht war eingeschaltet. Der Blinker wurde gesetzt, und sie bog in das Wohngebiet ein. Die Rücklichter hinterließen eine rote Leuchtspur auf Futawataris Netzhaut.

Er stieg aus und ging auf das Haus zu, seine Aufmerksamkeit auf die Straße gerichtet, die die Limousine entlanggefahren war.

Jetzt bekomme ich meine Antworten.

Wahrscheinlich wurden erneut die Reifen gewechselt, denn es dauerte bestimmt zwanzig Minuten, bis der Wagen wieder zurückkam. Futawatari stellte sich mitten auf die Straße, sodass das Auto anhalten musste. Der Chauffeur erkannte ihn offenbar vom Vortag wieder; er kurbelte das Fenster herunter und reckte den Kopf heraus.

»Ist irgendetwas?«

Futawatari setzte einen entnervten Gesichtsausdruck auf und schwenkte die Hand zu der Straße hinter sich. »Mein Auto ist liegen geblieben. Ich frage das nicht gern – aber könnten Sie mich eventuell zum Präsidium mitnehmen?«

Der Chauffeur sah in die Richtung, in die Futawatari gezeigt hatte, und bot ihm an, sich die Sache anzuschauen.

Dazu fehle ihm leider die Zeit, erwiderte Futawatari. Der Chauffeur nickte und deutete auf den Rücksitz.

Gut.

Auch jetzt sprang ihm wieder der Stapel Landkarten ins Auge. Es mussten mindestens zwanzig sein. Teils waren es Stadtpläne mit Piktogrammen öffentlicher Einrichtungen, teils reguläre Straßenkarten; sogar Reliefkarten gebirgiger Gegenden waren dabei, wie sie in der Forstwirtschaft benutzt wurden. Futawatari schlug ein paar davon beiläufig auf.

Ein unterdrücktes Ächzen entfuhr ihm.

Die Seiten waren bedeckt mit roten Linien: Sie überzogen alles, verliefen in alle Richtungen, genau wie auf der Wandkarte in der Stiftung. Eher waren es sogar mehr, mit mehr Details und einer größeren Anzahl von Strecken.

Futawatari fühlte sich versucht, sie näher zu besehen, aber etwas veranlasste ihn, den Kopf zu heben. Sein Blick begegnete im Rückspiegel dem des Chauffeurs. Dem Mann war keine Verärgerung anzumerken, aber übermäßig glücklich wirkte er auch nicht. Sein Gesicht hatte einen ängstlichen Ausdruck. Mit seinem grau melierten Haar war er Futawatari zunächst reichlich alt erschienen, aber möglicherweise war er nicht einmal Mitte fünfzig. Der Mann kannte Osakabes Tagesablauf im Zweifelsfall in- und auswendig. Futawatari blieben die fünfzehn Minuten, die die Fahrt zum Präsidium dauerte.

Kurz entschlossen eröffnete er das Gespräch.

Der Chauffeur hieß Aoki, erzählte er Futawatari, und versah den Dienst seit einem knappen Jahr. Davor sei er Taxifahrer gewesen, aber in seinem Alter begännen die

Nachtschichten ihren Tribut zu fordern. Eine kurze Zeit habe er Geschäftsführer Miyagi gefahren, als dieser sich den Arm gebrochen hatte, und anschließend habe ihm die Stiftung eine Festanstellung angeboten. Der Verlobte seiner Tochter betreibe eine Yakitori-Bar, und er habe mit dem Gedanken gespielt, eine Weile dort auszuhelfen, aber letztlich, so habe er festgestellt, taugte er nur zum Autofahren wirklich.

Das sagte Aoki mit einem kurzen Auflachen.

»Aber das hier ist doch sicher ein härterer Job, als ein Taxi zu fahren? Immerhin chauffieren Sie ja den Vorstandsvorsitzenden«, sagte Futawatari.

Das sah Aoki nicht so. Er schüttelte den Kopf. »Nein, es ist besser. Nicht nachts fahren zu müssen ist eine große Erleichterung.«

»Aber Sie müssen doch durch den Schnee fahren und steile Bergstraßen hinab.«

»Schon.«

»Hat Ihr Chef denn noch andere Aufgaben, als die Abladeplätze zu inspizieren?«

»Er besucht Tagungen, hält Vorträge. Solche Sachen.«

»Das habe ich nicht ge…« Futawataris einzige Vernehmungspraxis rührte noch aus seinen Tagen im Kōban her. Das hier würde keine einfache Sache werden. Was würde Maejima in einer solchen Situation fragen? Nach einigem Abwägen entschied sich Futawatari für die direkte Herangehensweise. »Unternimmt er zwischen den Inspektionen auch private Fahrten?«

»Private Fahrten?«

»Trifft er sich zum Beispiel mit irgendwelchen Leuten,

macht er irgendetwas, das darauf hindeuten würde, dass es ihm noch um etwas anderes geht als die Müllentsorgung?«

»Ich …«

Aokis Gesicht war aus dem Rückspiegel verschwunden, deshalb war sein Ausdruck nicht zu erkennen. »Sie wissen, dass er bei der Polizei war?«

»Das habe ich kurz nach meinem Dienstantritt erfahren.«

»Wissen Sie, was die roten Linien zu bedeuten haben?«

»Das sind … das sind die Strecken, die wir fahren. Zu den Abladeplätzen.«

»Zeichnet Ihr Chef sie selbst ein?«

»Ja.«

»Wissen Sie, warum?«

»Wie bitte?«

»Ich meine, manche führen durch Wohngebiete, die können ja wohl kaum mit der Müllentsorgung zu tun haben. Zeichnet er die Routen, auf denen Sie zu den Tagungen fahren, auch auf?«

Aoki blieb die Antwort schuldig. Dafür tauchte sein Gesicht wieder im Rückspiegel auf, blass, so schien es Futawatari. *Er hat einen Maulkorb verpasst bekommen.* Futawatari war überzeugt, dass der Mann etwas verbarg, aber es fehlte ihm an dem nötigen Geschick, um ihm die Wahrheit zu entlocken. Im Geist sah er Maejimas breites Grinsen. Jenseits der Windschutzscheibe rückten schon die Lichter des Präfekturpräsidiums näher.

9

»Herr Direktor, ich muss Sie sprechen.«

Futawatari fing Osakabe ab, als dieser am nächsten Morgen das Haus verließ. Sein Wagen war eben vorgefahren. Aoki erstarrte bei Futawataris Anblick unmerklich; zweifellos stellte sich ihm die gestrige Begegnung nun in einem neuen Licht dar. Osakabe zeigte keine Reaktion. Er setzte ungerührt seinen Weg zum Auto fort und nahm, als Aoki zackig die Tür für ihn aufzog, Platz auf dem Rücksitz.

Futawatari eilte ihm nach und senkte die Stimme zu einem Flüstern. »Ich glaube, ich weiß jetzt, worum es Ihnen geht.«

Von diesen Worten hing alles ab. Futawatari wusste, er stand ganz kurz davor, Osakabes Motive zu verstehen, doch in der Hand hatte er immer noch nichts. Die Unterhaltung mit Aoki hatte ihn nicht weitergebracht, und die Zeit war fast abgelaufen. Bis zum Termin für die Versetzungsbescheide im höheren Dienst blieb nur noch ein Tag.

Bitte.

Zum ersten Mal reagierte Osakabe. Er betrachtete Futawatari mit einem Ausdruck, als müsste er abwägen. Eine ganze Weile sah er ihm so ins Gesicht.

»Steigen Sie ein.«

Futawatari verbeugte sich tief und beeilte sich, auf den Beifahrersitz zu kommen.

»Was haben Sie zu sagen?«, fragte Osakabe, sobald sie fuhren.

Futawatari machte eine verstohlene Kopfbewegung in Aokis Richtung. Nach einer kurzen Pause antwortete Osakabe: »Das ist in Ordnung, reden Sie.« Futawatari wandte sich zu ihm um. Er wählte seine Worte sorgfältig.

»Ich weiß von dem Fall vor fünf Jahren. Ich weiß, wie nahe er Ihnen gegangen ist. Aber ich möchte, dass Sie wissen, dass wir auch jetzt Beamte haben, die …«

»Welcher Fall?«, unterbrach ihn Osakabe.

»Der vor fünf Jahren, Sie müssen doch …«

»Werden Sie konkreter.«

»Die Vergewaltigung und Ermordung der Büroangestellten.«

Osakabe schwieg. Sonderlich aus der Fassung gebracht wirkte er nicht, aber ihm war anzusehen, dass er über etwas nachdachte. Vielleicht versuchte er auszuloten, wie viel Futawatari tatsächlich wusste.

Futawatari war sich darüber klar, dass das Thema Megu ein Mittel sein konnte, Osakabe aus der Reserve zu locken. Dennoch zögerte er. Osakabe und er waren nicht allein im Auto.

»Es wird nicht mehr lange dauern«, sagte Osakabe unvermittelt.

»Bitte?«

»Die Ermittler haben, was sie brauchen.«

»Ein Beweisstück?«

»Ein Haar. Mehr benötigen sie nicht. Sie werden den Fall abschließen«, sagte Osakabe. Es klang, als spräche er mit sich selbst.

Futawatari wusste nicht, was er erwidern sollte. Laut Sasaki waren keine Spuren hinterlassen worden. Allerdings hatte er auch gesagt, dass er an den Ermittlungen nicht beteiligt gewesen war, es konnte also sein, dass er von dem Haar schlicht nichts gewusst hatte.

Noch verwirrender war die Tatsache, dass Osakabe auf einmal so offen sprach. Weshalb gab er fallrelevante Fakten preis? War nicht Verschwiegenheit das oberste Gebot für jeden Kriminalbeamten? Die beiläufige Enthüllung musste einen tieferen Grund haben. *Ich bin mit dem Fall nicht befasst. Er ist in fähigen Händen.* War das die Botschaft?

»Sie wollen ja wohl ins Präsidium?«, sagte Osakabe und wies Aoki entsprechend an, ehe Futawatari die Möglichkeit zu einer Antwort hatte.

Er drehte sich nach hinten um. »Ich flehe Sie an, Herr Direktor, bedenken Sie die Konsequenzen, die Ihr Vorgehen für Ihren Nachfolger hat.«

»...«

»Es ist zwingend nötig, dass ...«

Osakabe schloss die Augen.

Zorn stieg in Futawatari auf. »Können Sie mir wenigstens sagen, wie lange Sie bei der Stiftung zu bleiben gedenken?«

»...«

»So lange, bis Ihre Tochter ...« Futawatari schluckte das Ende des Satzes hinunter. Er konnte sich nicht überwinden, es auszusprechen.

Osakabes Augen blieben geschlossen. Aokis Hände am Lenkrad zitterten, vielleicht weil sich die gespannte Stimmung auf ihn übertrug. Wenig später hatten sie den Parkplatz des Präfekturpräsidiums erreicht.

Futawatari beugte sich noch einmal ins Auto.

»Wir müssen …«

»Ich habe Ihnen das neulich schon gesagt. Es besteht kein Grund zur Besorgnis.«

»Aber Sie haben mir nicht …«

»Wir sind hier fertig. Ich habe zu tun.«

Das Auto fuhr davon und ließ Futawatari stehen. Geschlagen auf der ganzen Linie. Und bis ins Mark erschöpft. Der Mann war ein Fels. *Ich komme nicht an gegen ihn.* Eine letzte Möglichkeit gab es noch, heute Abend, wenn Osakabe nach Hause kam. Futawatari musste etwas finden, irgendeinen Spalt in der Felswand, in dem sich das Dynamit platzieren ließ.

Zumindest versuchen musste er es.

Er kehrte dem Präsidium den Rücken und ging ein Stück die Hauptstraße entlang bis zu einem Telefonhäuschen. Er würde die Zentrale umgehen und den Leiter der zuständigen Kriminalabteilung direkt anrufen.

»Futawatari. Was gibts?« Maejima klang leicht verwundert.

»Ich wollte dich etwas zu dem Fall fragen, den du beim letzten Mal erwähnt hast, dem Mord an der Büroangestellten.«

Schweigen. Dann: »Bist du im Präsidium?«

»Keine Angst, ich bin in einer Telefonzelle.«

»Gut, dann frag. Aber denk dran, über manche Dinge darf ich nicht sprechen.«

»Ist es wahr, dass ihr Beweismittel habt? Ein Haar?«

Durch die Leitung hindurch hörte Futawatari Maejima scharf einatmen. »Wer sagt so etwas?«

»Osakabe.«

Maejima schien es kaum fassen zu können. Er vergewisserte sich mehrmals, dass es wirklich Osakabe gewesen war.

»Stimmt es denn?«

»Nicht ganz.«

»Dann hat Osakabe gelogen?«

»Nein, ich meine, wir hatten ein Haar. Aber wir haben es nicht mehr.«

»Nicht mehr? Was soll das heißen?«

»Es ist in seine Bestandteile zerlegt worden. Pulverisiert.« Der Effekt war verblüffend: Kaum war er sich der Freigabe durch Osakabe sicher, begann Maejima, im Flüsterton fast, Vertrauliches offenzulegen. Er hatte eine ungewöhnliche Gabe, klar und deutlich zu sprechen, selbst wenn seine Stimme leise war.

Sie hatten ein einzelnes Haar von den Kleidern der Frau geborgen, das weder ihr noch jemandem aus ihrer Familie gehörte. Als nach einem Jahr noch immer keine Spur zum Täter führte, hatte Dezernat I eine Entscheidung getroffen. Sie hatten ihr einziges Beweisstück eingeschickt. Die Analyse erforderte eine chemische Prozedur, die das Haar selbst zerstören würde. Das war es, was Maejima gemeint hatte. Im Anschluss an den Test würde das Haar unbrauchbar sein.

Die Risiken waren somit erheblich gewesen. Es war das einzige Beweismittel, das sie hatten, aber der Mangel an Fortschritten – und der daraus resultierende Mangel an

Verdächtigen – führte dazu, dass es ihnen nichts nützte. Eine Bestimmung der Blutgruppe würde ihnen wenigstens erlauben, das Fahndungsnetz enger zu ziehen. Vielleicht lieferte sie sogar einen entscheidenden Hinweis. Das waren die offiziellen Gründe, die das Dezernat für seinen Entschluss anführte.

Aber es hatte noch mehr dahintergestanden.

Osakabes Pensionierung hatte, wenn auch hinter den Kulissen, ebenfalls eine maßgebliche Rolle gespielt. Ging einer der Oberen in den Ruhestand, setzten die Kriminalbeamten gern alle Hebel in Bewegung, um noch offene Fälle abzuschließen. Es gehörte gleichsam zur Tradition, einem besonders geachteten Führungsbeamten durch verstärkten Einsatz einen würdigen Abschied zu bereiten. Was diesen speziellen Fall noch brisanter machte, war die Überzeugung aller, dass der Mörder auch die Vergewaltigung von Osakabes Tochter auf dem Gewissen hatte. Emotionen waren im Spiel, und das resultierte darin, dass Dezernat I seine Entscheidung übereilt traf.

Das Ergebnis war niederschmetternd gewesen.

Sie hatten ihr einziges Beweismittel geopfert und dafür lediglich erfahren, dass der Täter Blutgruppe A hatte, wie vierzig Prozent der gesamten Bevölkerung. Das Haar, so ergab die Untersuchung, war dem Mann einfach ausgefallen, weshalb die Wurzel fehlte, durch die eine DNA-Analyse erst möglich wurde. Weitere Erkenntnisse hatten die Tests nicht gebracht.

»Rhesus negativ wäre wahrscheinlich zu viel verlangt gewesen. Aber wenigstens AB hätte es doch sein können.« Maejima klang nachgerade depressiv.

Wozu die Lüge?

Futawatari rief sich ins Gedächtnis zurück, was Osakabe auf der Fahrt zum Präsidium gesagt hatte. Warum die Existenz eines Beweisstücks behaupten, das es nicht mehr gab? Hatte es eine Art Bluff sein sollen? Einfach eine neue Art, Futawataris Fragen abzuwehren, Teil seiner bewährten Vernebelungstaktik? Konnten die Worte noch eine andere Botschaft enthalten haben? Wenn er nun darüber nachdachte, ergaben einige von Osakabes Äußerungen keinen rechten Sinn. Vielleicht hatte er nur gesagt, was ihm gerade geeignet schien, um Futawatari loszuwerden.

Futawatari quittierte den Salut des Beamten an der Pforte mit knappem Nicken. Ein Bleigewicht schien auf ihm zu lasten. *Das kann nichts werden heute Abend. Nicht unter diesen Voraussetzungen.* Beim Betreten der Verwaltungsabteilung machte er sich auf den nächsten Zornesausbruch des Direktors gefasst, doch im Büro herrschte eine fast geisterhafte Stille.

Shirota kam auf ihn zu und flüsterte: »Direktor Kudo hat mitgeteilt, dass er den Posten nicht antreten kann.«

Futawatari riss die Augen weit auf und starrte ihn an. Der Mann grinste.

»Anscheinend hat er schon länger gesundheitliche Probleme.«

»Gesundheitliche Probleme?«

»Tja … Aber wir sind jedenfalls aus dem Schneider.«

»Gute Arbeit!« Hinter ihnen erklang eine tiefe Stimme. Oguros Lächeln reichte sage und schreibe bis zu den Augen.

Futawatari fühlte sich, als wäre er in einen tiefen Brunnen gefallen. All die Probleme um Osakabes Weigerung, seinen Posten zu räumen – wie weggeblasen. Einfach so, ohne dass jemand Schaden genommen hätte.

Begreift ihr denn nicht, was das heißt?

Er hätte die Worte am liebsten herausgeschrien. Osakabe hatte sich eingeschaltet, und Kudo hatte seinen Anspruch gehorsam zurückgezogen, womit Futawatari aus der Gleichung herausfiel.

Lachen drang aus dem Büro des Direktors. Futawatari ballte die Fäuste, um die Scham niederzuzwingen, die jetzt stärker brannte denn je.

10

Kein Grund zur Aufregung. Wenn das hier erledigt ist, wird es sein, als wäre nie etwas gewesen.

Alles kam, wie Osakabe es vorausgesagt hatte. In der Abteilung blieb es so ruhig, dass man das ganze Fiasko für pure Einbildung hätte halten können. Weder Oguro noch Shirota erwähnten das Geschehene mit einer Silbe. Das Resultat von Ueharas Mühen wurde offiziell bekannt gegeben, und die Versetzungen gingen reibungslos über die Bühne. Das einzige hervorstechende Ereignis war der Besuch des abgestraften Leiters von Direktion S, der artig in alle Richtungen dienerte, als er seine Runde drehte, um sich für seinen neuen Posten als Chef des Polizeilichen Markenrechts zu bedanken.

Auch in der Verwaltung gab es einen Weggang: Saito wechselte in die Kriminalabteilung von Direktion W. Sie besaß eine Hartnäckigkeit, die ihr Aussehen Lügen strafte, und Futawatari konnte sich vorstellen, dass sie Maejima ziemlich auf Trab halten würde. Auf ihn selbst wartete ebenfalls ein neues Projekt: die Planungen für den Neubau des Präfekturpräsidiums. Er hatte alle Hände voll damit zu tun, mit den einzelnen Abteilungen zu verhandeln und nebenbei die Jahresversammlung der Präfektur vorzubereiten, und die Erinnerung an Osakabes Gesicht und Stimme verblasste allmählich.

Ganz ließ ihn die Frage trotzdem nicht los.

Ist er jetzt wieder unterwegs? Dem Täter auf der Spur?

Auch im Juni hatte er an den Mann denken müssen. Megu, so hörte er, hatte hinreißend ausgesehen in ihrem Brautkleid. Maejima war sturzbetrunken gewesen und hatte nicht darauf achten können, ob Osakabe weinte oder nicht. Und entgegen Futawataris Theorie, dass der Spuk damit vorbei sein würde, war von einem Rücktritt Osakabes nach wie vor keine Rede.

War die ganze Geschichte wirklich passiert? Drei weitere Monate vergingen, und Futawatari kamen fast Zweifel daran.

Seine Antwort erhielt er an einem Tag, an dem seine Laune denkbar schlecht war.

Die Abteilungen rangelten miteinander um die Größe ihrer Büros, weshalb die Pläne für das neue Gebäude nicht recht voranschritten. Dazu kam, dass die Wirtschaft darniederlag und die Steuereinnahmen zurückgingen, was das ganze Projekt zu gefährden drohte. Und als wäre das nicht genug, meldete die NPB Forderungen an, die Abteilung Kommunale Sicherheit in Abteilung für öffentliche Sicherheit und das Kfz-Wesen in Kommunales Verkehrswesen umzubenennen. Sie monierte außerdem, dass der Name einer der Polizeiunterkünfte in der Präfektur, Bereitschaftsblock, nicht dynamisch genug sei und ebenfalls umbenannt gehöre.

Und was zum Teufel ist verkehrt an »Bereitschaftsblock«? Was macht die Polizei denn anderes, als sich für den Moment bereitzuhalten, wenn die Kacke zu dampfen anfängt?

Futawatari ließ seinen Unmut an seinem Notizblock

aus, den Telefonhörer zwischen Schulter und Ohr einge-
klemmt, als am Rand seines Sichtfelds eine bekannte Gestalt erschien. Er sog scharf die Luft ein.

Osakabe.

Der Mann sah flüchtig zu Futawatari herüber, bevor er im
Büro des Direktors verschwand, dicht gefolgt von Shirota.

War etwas vorgefallen?

Futawataris Herz hämmerte, ein mulmiges Gefühl brei-
tete sich in ihm aus.

Osakabe blieb keine fünf Minuten drinnen. Als er he-
rauskam, ging er ohne auch nur einen Blick in Futawataris
Richtung. Oguro und Shirota schauten ihm von der Tür-
schwelle aus nach. An Futawataris Ohr drang ein leises,
bitteres »Und nicht ein Wort der Entschuldigung für diesen ganzen Ärger, den er uns gemacht hat«.

Gab er etwa seinen Posten ab?

Futawatari sprang vom Schreibtisch auf und eilte zur
Tür. Auf dem Korridor fing er zu laufen an.

Wieso?

Er rannte die Treppe hinunter und zum Haupteingang
hinaus. Osakabe war schon eingestiegen, aber die schwarze Limousine hatte sich noch nicht in Bewegung gesetzt.

»Herr Direktor!«

Futawatari presste die Handflächen gegen die Scheibe.
Osakabe wandte ihm den Kopf zu.

»Direktor Osakabe! Was hat Sie umgestimmt?«

»…«

Vor Osakabes Gesicht schien ein Vorhang niederzuge-
hen. Er gab dem Chauffeur den Befehl zum Losfahren.
Aber etwas an dem Bild stimmte nicht.

Aoki …

Statt Aoki saß ein junger Mann mit Nickelbrille hinterm Steuer. Und die Landkarten fehlten. Von den Stapeln auf dem Rücksitz des Wagens war nichts mehr zu sehen. Die Limousine fuhr an, so flott, als gälte es die Jugendlichkeit des Fahrers unter Beweis zu stellen.

Futawatari stand da. Das Blut dröhnte ihm in den Ohren. *Der leere Blick. Der neue Chauffeur. Die verschwundenen Landkarten.* Die Bilder blitzten in rascher Folge durch seinen Kopf. Die einzelnen Fakten begannen sich zusammenzufügen; wie von einem Magneten angezogen, rasteten sie an ihrem Platz ein, bildeten Muster und formten sich zu guter Letzt zu einer Erkenntnis, die gegen die Innenwand seines Schädels pochte.

Unmöglich.

Futawatari setzte sich wieder in Trab; fast wäre er mit dem verdutzten Beamten an der Pforte kollidiert, so eilig hatte er es, in die Pressestelle zu kommen. Er murmelte der jungen Frau hinter dem Schreibtisch eine Entschuldigung zu, griff nach dem Ordner mit den Tageszeitungen und schlug ihn auf ihrem Tisch auf. Er überflog die Todesanzeigen. Die Zeitungen hatten jetzt alle eine Rubrik dafür, davon erhofften sie sich mehr Leser.

Zwei Tage. Drei Tage. Vier.

Futawataris Augen weiteten sich.

Da.

Und wieder hinaus ins Freie. Das Telefonhäuschen an der Hauptstraße war besetzt, also rannte er weiter. Die Hände zitterten ihm, als er endlich seine Telefonkarte in den Schlitz schob.

»Ich bins.«

»Rufst du aus dem Büro an?«

»Keine Sorge, ich bin draußen.«

»Worum gehts diesmal?«

»Der Mord noch mal. Eine letzte Sache muss ich noch wissen.«

»Also hör mal, ich hab doch wirklich …«

»Die Farbe.«

»Wie bitte?«

»Das Haar. Welche Farbe hatte es?«

11

Es wurde schon unübersehbar Herbst. Die sauber zurück-
geschnittenen Glanzmispelhecken wirkten jetzt verdorrt
und unansehnlich. Wirklich hübsch, dachte Futawatari, waren sie wohl nur mit ihren frischen, leuchtend roten
Trieben.

»Haben Sie erreicht, was Sie wollten?« In dem Tatami-
Raum mit seinem Hausaltar dämpfte Futawatari unwillkürlich die Stimme.

Osakabe trug das traditionelle Gewand. Er saß mit ver-
schränkten Armen da, seine tief liegenden Augen unver-
wandt auf Futawatari gerichtet.

Das Haar war grau gewesen. Statt ihm das unumwunden
zu sagen, hatte Maejima nur den Hersteller eines Haarfär-
bemittels genannt.

Genichiro Aoki war an einer Überdosis Schlaftabletten
gestorben. *So viele, wie er von den Dingern geschluckt hat,*
würde ich auf Selbstmord tippen. Ein Kollege aus der Pa-
thologie, den Futawatari noch aus seiner Zeit im Kōban
kannte, hatte ihm diese private Einschätzung mitgeteilt.
Zu dem Todesfall war es nicht lange nach Megus Rück-
kehr aus ihren Flitterwochen gekommen. Der Pathologe,
den Kopf schräg gelegt, hatte seine Ratlosigkeit hinsicht-
lich der Gründe bekannt, die den Mann zu der Tat getrie-
ben haben mochten.

»Herr Direktor, Sie haben ihn dazu gebracht, sich …
Und ich hatte vermutlich auch einen Anteil daran.«

»…«

Osakabes Miene blieb undurchdringlich. Futawatari
stieß einen Seufzer aus. Osakabe hatte die Wahrheit auf-
gedeckt. Die gesamte Wahrheit.

Begonnen hatte es mit einem Zufall.

Aoki hatte die Taxifahrerei an den Nagel gehängt und
stattdessen den bequemeren Posten bei der Stiftung angenommen. Dass er ausgerechnet einen pensionierten Polizeidirektor chauffieren würde, darauf war er nicht vor-
bereitet gewesen. Das wusste Futawatari von dem Mann
selbst: Er hatte die Stelle bereits angetreten, als er davon
erfuhr.

Osakabes Interesse dürfte schon bald erwacht sein. Gut,
viele Männer ergrauten früh. Trotzdem, warum nicht diesen hier in den Blick nehmen, den ihm das Schicksal quasi
frei Haus lieferte? Es lag in der Natur des Kriminalers, jedem Hinweis zu folgen, und sei er noch so vage.

Und vielleicht war das Zusammentreffen auch kein rei-
ner Zufall gewesen. Aoki hatte Miyagi chauffiert, bevor
ihm die Stelle angeboten worden war. Nicht auszuschließen, dass Osakabe ihn von Anfang an im Visier gehabt hatte. In dem Fall hatte er bei der Einstellung womöglich ein
wenig nachgeholfen.

Ob so oder so, Osakabe hatte tagtäglich Gelegenheit gehabt, den Mann aus dem Fond der Limousine heraus zu
beobachten. Und eines Tages war etwas anders gewesen
als sonst. Aoki hatte es vermieden, eine bestimmte Strecke
zu fahren. Oder er hatte eine leichte Auffälligkeit in sei-

nem Verhalten gezeigt, als sie an einer bestimmten Stelle vorbeikamen.

An einem der sieben Tatorte.

Verbrecher kehren nie an den Tatort zurück. Sie setzen alles daran, ihn zu meiden.

Zu Beginn war Osakabe natürlich skeptisch gewesen. Daher sein Entschluss, eine so ungeheure Anzahl an Strecken zu fahren. Miyagi hatte gesagt, dass Osakabe diese täglichen Fahrten seit einem Jahr unternahm. Das passte mit Aokis Dienstantritt zusammen. Osakabe hatte den Mann zum unablässigen Fahren gezwungen, Tag um Tag um Tag. Durch die Berge, durch die Städte, in alle Richtungen. Und immerzu hatte er ihn im Auge behalten, aus nächster Nähe, sein Schatten auf Schritt und Tritt. Die Tatorte mussten in sein Hirn eingebrannt gewesen sein. Welche Route wählte Aoki? Wann und wo war seinem Verhalten etwas anzumerken? Mit scharfem Blick hatte Osakabe jede Geste seines Verdächtigen registriert, jeden Gesichtsausdruck, jeden Atemzug. Er hatte die Details auf der riesigen Wandkarte in der Stiftung eingetragen und in den unzähligen Landkarten im Auto. Und er hatte es alles vor den Augen von Aoki getan, um den Druck auf ihn zu erhöhen. Die chemische Analyse hatte die Ermittler ihres einzigen Beweisstücks beraubt. Jetzt konnte nur noch Einschüchterung eine Aufklärung des Falls bewirken. Osakabe würde den Mann in die Enge treiben und ihm ein Geständnis abpressen.

Das war der Schluss, zu dem er gekommen sein musste.

Aber ein Jahr war verstrichen, und Aokis Schuld war noch immer fraglich. Osakabe war es nicht gelungen, einen stichhaltigen Beweis zu erbringen. Das hatte zu seiner Entscheidung geführt, das Katz-und-Maus-Spiel fortzusetzen und auf seinem Posten in der Stiftung zu bleiben.

Wie stand derweil Aoki zu der ganzen Sache?

Kurz nach Dienstantritt hatte er von Osakabes Polizeivergangenheit erfahren. Das dürfte ihm einen Schrecken eingejagt haben. Aber er wusste an dem Punkt weder, dass Osakabe die Ermittlungen in dem Mordfall geleitet hatte, noch, dass er der Vater eines der Opfer war. Es war denkbar, dass er die Gefahr nicht ernst genommen hatte. Seit der letzten Tat waren vier Jahre vergangen, und die Fahnder waren keinen Schritt vorangekommen. Er hatte alles getan, um nicht identifiziert werden zu können. Er hatte nicht ejakuliert. Er hatte eine Strumpfmaske getragen, damit keine der Frauen sein Gesicht sah und er nirgends Haare zurückließ. Und der Chauffeurdienst war angenehmer als Taxifahren. Die Gelegenheit war zu günstig, um sie nicht zu nutzen. So oder ähnlich hatte er zweifellos gedacht.

Sooft ihr Weg sie an einem der Tatorte vorbeiführte, hatte er vermutlich, soweit möglich, eine andere Route eingeschlagen. Wenn es keine gab, konnte er nur die Zähne zusammenbeißen und weiterfahren. Osakabe hatte ihre Strecken auf seinen Karten eingezeichnet. Aoki hatte den Grund nicht gekannt, aber im Lauf der Zeit musste er zunehmend das Gefühl bekommen haben, überwacht zu werden. Wahrscheinlich hatte er mit dem Gedanken an Kündigung gespielt. Aber seine Tochter würde im September des kommenden Jahres heiraten. Er brauchte das Geld. Also hatte er sich trotz seiner wachsenden Angst zum Weitermachen gezwungen. Sehr anders konnte es kaum abgelaufen sein.

Und dann war Futawatari auf der Bildfläche erschienen, der den Auftrag hatte, Osakabe zum Rücktritt zu bewegen. Osakabe war ihm zunächst ausgewichen, überzeugt, dass er seiner Mission nur im Weg stehen würde. Doch Futawatari hatte sich nicht abschütteln lassen. Er hatte sogar begonnen, irgendeine Verbindung zwischen Osakabes Alleingang und dem Mord zu vermuten. Osakabe war gezwungen gewesen, eine Entscheidung zu treffen. Er konnte fortfahren wie bisher und den Druck auf Aoki immer weiter steigern. Oder er konnte das Risiko eingehen und Futawataris ungebetenes Auftauchen zu seinem Vorteil wenden.

Er hatte sich zu Letzterem entschlossen.

Deshalb hatte er Futawatari zum Weiterreden ermutigt, als dieser zögerte, in Aokis Beisein zu sprechen, und ihn dazu gebracht, den Mord ausdrücklich zu erwähnen. Mit seinem nächsten Schachzug hatte er ein Tabu gebrochen. Er hatte Futawatari erzählt, die Polizei habe ein Beweismittel, ein Haar, obwohl dies nicht mehr der Fall war. Er hatte behauptet, der Fall stehe kurz vor dem Abschluss. Die Worte waren natürlich für Aokis Ohren bestimmt gewesen. Und Futawatari mit seinem blinden Herumgestocher hatte mitgeholfen, die Schlinge für ihn zu knüpfen.

Aoki musste Blut und Wasser geschwitzt haben. Ein pensionierter Polizeidirektor und ein noch im Dienst stehender Inspektor unterhielten sich über einen Mord, den *er* begangen hatte. Und laut Osakabe verfügte die Polizei über ein Beweisstück in Form eines Haares. Spätestens da dürfte Aoki in Panik geraten sein. Am liebsten hätte er sicher gekündigt. Aber das hätte nur Verdacht erregt. Auch das musste ihm klar gewesen sein. Oder er verschwand einfach. Doch das wäre einem Geständnis gleichgekommen. Damit wäre er zum gesuchten Verbrecher geworden, der den Rest seines Lebens auf der Flucht war. Was sollte dann aus seiner Frau werden? Aus seiner Tochter und ihrer Hochzeit? Nacht für Nacht musste er wach gelegen, Abend für Abend die Schlaftablettendosis erhöht haben. Und immerzu hatte ihn das Bild Osakabes verfolgt – diese tief in den Höhlen liegenden Augen, die sich in seinen Rücken bohrten.

Dieselben Augen, die nun auf Futawatari gerichtet waren. Ihr Blick schien einem bis auf den Grund der Seele zu dringen. Die ganzen sechs Monate hindurch, während Futawatari schon längst wieder in seinen Verwaltungsalltag zurückgekehrt war, hatte Osakabe mit diesen Augen Aoki fixiert.

Aber war das alles, was er getan hatte? Eine letzte Frage gab es noch, die Futawatari nicht ungestellt lassen konnte.

Osakabes Frau kam mit dem Tee, den sie auf dem Boden kniend servierte. Sie würde erst wieder ins Zimmer kommen, wenn es für ihn Zeit zum Gehen war, das wusste Futawatari. Er wartete, bis ihre Schritte verklungen waren, ehe er das Schweigen brach.

»Haben Sie ein Geständnis von ihm bekommen?«

»…«

»Hat er die Taten zugegeben?«

Osakabe schloss die Augen. So saß er eine lange Zeit. Futawatari seufzte. Das warme Licht der Nachmittagssonne spiegelte sich im Wasser des Aschenbechers, flimmerte über der Schiebetür.

»Wie werden Sie jetzt weitermachen?«

Es waren zwei Fragen in einer. *Welche Pläne haben Sie für die Zeit nach der Stiftung?* Und: *Wie wollen Sie all das, was passiert ist, verarbeiten?*

»...«

»Herr Direktor, Aoki ist tot.«

»...«

»Der Kerl ist tot. Mehr konnten Sie nicht tun.«

»Nein«, sagte Osakabe kaum hörbar.

»Bitte?«

»*Vielleicht* ist der Kerl tot, der das getan hat. In dem Moment, wo Sie das sagen, können Sie als Ermittler einpacken.«

»...«

»Der Kerl ist irgendwo da draußen und treibt weiter sein Unwesen. Deshalb muss es uns geben. Verstehen Sie?« Osakabe schloss die Augen wieder. Sein Gesicht hätte das eines Schlafenden sein können, nur der Friede fehlte.

Er hatte Aoki kein Geständnis entlocken können. Dessen war sich Futawatari jetzt sicher. Und ohne einen Beweis würden Täter und Tat weiterleben.

Es war Zeit zu gehen.

Osakabes Frau brachte Futawatari zur Tür und verharrte in einer tiefen Verneigung, bis er außer Sicht war. Er ging zu dem Wiesenstück am Flussufer.

Aokis Tod war für Osakabe kein Grund zum Jubeln. Obwohl er von seiner Schuld überzeugt war, hatte er keine Überprüfung des Mannes angeordnet. Er musste Rücksicht auf Megu nehmen. Sie war frisch verheiratet, endlich glücklich. Eine Verhaftung hätte sie die Albträume der Vergangenheit nur wieder neu durchleben lassen. Das durfte nicht sein, und so hatte er sich dazu entschieden, den Mann in die Enge zu treiben, bis er keinen Ausweg mehr sah als den Selbstmord. Vielleicht war das auch von vornherein seine Absicht gewesen. Es war ein Plan, den Osakabe sich nicht würde verzeihen können. Der Kanaille die Handschellen anlegen – das war die Pflicht eines Kriminalbeamten.

Futawatari sah hoch in den blanken Himmel. Auf seinem Schreibtisch in der Verwaltung würde schon der Kostenvoranschlag für den neuen Hubschrauber warten. Ihr Pilot wurde langsam alt. Vielleicht konnten sie den nächsten in den eigenen Reihen ausbilden. Wobei der sicherere Weg wahrscheinlich war, auch diesmal wieder einen Mann von den Selbstverteidigungsstreitkräften anzufordern.

Er dehnte sich, streckte die Arme in das Blau.

Vielleicht könnte ich bei dem guten alten Maejima vorbeischauen, wenn ich heute Abend Schluss mache.

Plötzlich erinnerte er sich an etwas. Er eilte zurück zum Auto und begann in seiner vollgestopften Aktentasche zu wühlen. Irgendwo da drin musste es sein, ganz bestimmt. So lange hatte er es vergessen, aber jetzt suchte er nach dem Geschenk, das seine Frau ihm vor einem halben Jahr für die Einschulung von Maejimas »Kleinem« mitgegeben hatte.

SCHWARZE LINIEN

1

»Kommissarin Hirano ist nicht zum Dienst erschienen?«

Polizeipräsidium Präfektur D, Verwaltungsabteilung.
Gruppenleiterin Tomoko Nanao, zuständig für die weiblichen Polizeikräfte in der Präfektur, merkte im Sprechen, dass sie ihm die Worte mechanisch nachsagte.

»Ganz genau. Wahrscheinlich ist der Ruhm ihr zu Kopf gestiegen.«

Die schlecht gelaunte Stimme gehörte Abschnittsleiter Mitsuo Morishima von der Kriminaltechnik. Er rief an, um zu melden, dass Kommissarin Hirano aus dem Spurensicherungsteam nicht zum Dienst angetreten war. Dass sie den ganzen Vormittag nichts von sich hatte hören lassen. Tomoko sah zur Wanduhr hinüber.

Schon halb elf.

»Vielleicht ist sie krank? Haben Sie in der Unterkunft nachgefragt?«

»Ja. Die Hausmutter sagt, sie ist heute Morgen aufgebrochen wie immer. Mit dem Wagen, um halb acht.«

»Ist gut. Ich kümmere mich drum.«

»Danke, Spürnase.«

Fünfzehn Jahre zuvor hatte auch Tomoko noch bei der Spurensicherung gearbeitet. Ihre extreme Geruchsempfindlichkeit hatte ihr damals den Spitznamen »Spürnase« eingetragen. Morishima, zu der Zeit ihr Einsatzleiter, hatte ihn selbst geprägt. Inzwischen war sie zweiundvierzig, und außer ihm nannte sie keiner ihrer Kollegen mehr so.

Sie legte auf. Sie wusste nicht recht, was sie von der Nachricht halten sollte.

Mizuho Hirano, zweiundzwanzig, in ihrem fünften Jahr als Polizeibeamtin. Sie war hübsch, auf diese zarte, ebenmäßige Art, die nie aus der Mode kam. Gleichzeitig blieb sie mit ihren bräunlichen Haaren und Augen im Verein mit dem recht hellen Teint als Erscheinung etwas blass. Dieser Eindruck täuschte allerdings über einen starken Willen hinweg; Polizistin zu werden war ihr großer Traum, für den sie unermüdlich gearbeitet hatte. Sie war gewissenhaft, und ihr Wunsch zu helfen war echt. Leute ihres Schlages brauchte man bei der Polizei, egal ob Männer oder Frauen.

Unentschuldigtes Fehlen passte da nicht ins Bild. Mizuho nahm ihre Arbeit ernst und fügte sich bestens in ihr Team ein. Zudem hätte heute ihr großer Tag sein sollen. Morishima hatte am Telefon darauf angespielt: Alle Morgenzeitungen feierten Mizuhos jüngsten Erfolg.

»Gruppenleiterin Nanao? Hätten Sie einen Moment Zeit?«

Die Stimme kam von dem Schreibtisch hinter ihrem. Inspektor Futawatari blickte auf einen der Berichte über die Ereignisse des Vortags. Er musste ihr Telefonat mit Morishima mitgehört haben. Der Geruch seines Haarwachses hatte ihr schon verraten, dass er wieder am Platz war, aber da er erst vorhin ihre Vorschläge für eine Neuverteilung der Beamtinnen in der Präfektur abgetan hatte, hatte sie es vorgezogen, ihn zu ignorieren.

Den Luxus konnte sie sich jetzt nicht länger erlauben.

Eine der Zeitungen lag aufgeschlagen auf Futawataris Schreibtisch. Aus dem Mittelteil der Lokalnachrichten sprangen ihr gleich mehrere auftrumpfende Überschriften ins Auge.

Triumph für junge Polizistin. Phantombild Eins-zu-eins-Entsprechung. Handtaschenräuber festgesetzt.

Tomoko kannte den Inhalt im Groben.

Einer siebzigjährigen Passantin wurde gestern am Ausgang von Bahnstation M die Handtasche geraubt. Kommissarin Mizuho Hirano, die das Opfer befragte, fertigte im Anschluss ein Phantombild des Angreifers an, das die Fahnder für ihre Ermittlungen einsetzten. Der Inhaber eines nahe gelegenen Ladens erkannte darin eins zu eins einen Mann mit Wohnsitz in Bahnhofsnähe. Keine Stunde später konnte der zwanzigjährige Täter festgenommen werden.

Das Presseecho war eindrucksvoll, selbst für einen Saure-Gurken-Tag wie den gestrigen – ein Artikel positiver als der andere. Das von Mizuho angefertigte Phantombild war neben einem Foto des Täters abgedruckt, um die unglaubliche Ähnlichkeit herauszustreichen. Auch ein kleines Bild von Mizuho selbst fehlte nicht; Morishima hatte es den Reportern bei der abendlichen Konferenz im Presseclub überlassen, zusammen mit der Zeichnung und dem übrigen Material.

Tomoko war gleich in der Mittagspause hinüber in die Forensik geeilt, um Mizuho zu gratulieren, die so überschwänglich reagiert hatte wie ein aufgedrehter Teenager. Tomoko hatte ihr versprochen, mit ihr am Wochenende zur Feier ihres Erfolgs Anmitsu essen zu gehen. Was für einen Grund konnte Mizuho da haben, nicht zum Dienst zu erscheinen?

Futawatari sah von dem Artikel auf.

»Ist so etwas schon einmal vorgekommen?«

»Nein, nie. Sie ist keine, die krankfeiert und sich nicht bei ihrem Team abmeldet.«

»Gut. Was steckt dann dahinter?« Futawatari blickte sie an. Seine schmale Gestalt hob sich als Umriss gegen das Licht vom Fenster ab, sodass Tomoko nichts von ihm sehen konnte als das Glitzern seiner Augen.

»Das ist schwer zu sagen, Herr Inspektor.«

Noch im Sprechen jagten sich in ihrem Kopf die Befürchtungen. *Probleme. Unfall. Verbrechen.* Futawatari saß stumm da, die Arme verschränkt. Seine Augen überflogen nochmals den Zeitungsbericht. Gut möglich, dass seine Gedanken in die gleiche Richtung gingen.

Besonders ein Detail war ihr am Morgen ins Auge gesprungen. Der Täter hatte früher eine Biker-Gang angeführt. Sie hatte sich gesagt, dass kein Grund zur Sorge bestand. Dass keine Gang einen direkten Angriff auf die Polizei wagen würde. Andererseits wusste sie, dass ein bestimmter Typ von Gesindel sich weigerte, Frauen als echte Ordnungshüter anzuerkennen. Dazu kam, dass die Presse ihre Artikel zehntausendfach in Umlauf gebracht hatte, stets mit dem Hinweis, dass es Mizuhos Zeichnung war, die zu der Festnahme geführt hatte, und stets mit ihrem Namen und Bild.

Was immer der Grund war, es hätte Mizuhos Ehrentag sein sollen, und sie fehlte. Tomokos Sorge, dass etwas passiert war, wuchs.

»Ich fahre hin und schaue bei ihr in der Unterkunft.«

»Lassen Sie mich ihr Autokennzeichen und die Marke wissen, bevor Sie gehen.«

Tomoko presste kurz die Lippen zusammen. Futawatari würde die anderen Direktionen benachrichtigen. Vielleicht hatte er recht damit. Sicher war sicher. Tomoko schrieb ihm die Angaben auf einen Zettel und eilte dann aus dem Büro.

Er rief ihr nach.

»Sagen Sie Bescheid, wenn Sie etwas herausfinden.«

Er sah beunruhigt aus. Tomoko nahm es als Bestätigung, dass auch er eine Reihe unerfreulicher Szenarien in Betracht zog. Sie wusste, dass der ehrgeizige Inspektor, der zwei Jahre älter als sie war und als die graue Eminenz hinter sämtlichen Personalfragen galt, nicht dazu neigte, sich in den Vordergrund zu spielen. Doch sie wusste auch, dass sich hinter seinem blässlichen Äußeren eine verblüffende Zähigkeit verbarg und dass kaum ein Beamter ähnlich engagiert war, wenn es darum ging, eine Krise abzuwenden.

Im Umkleideraum wechselte Tomoko zurück in ihre Zivilkleidung. Nach der Unterkunft würde sie im Zweifel noch andere Orte abklappern müssen, da war die Uniform nur hinderlich. Die Frau, die ihr aus dem kleinen Spiegel innen an der Tür ihres Spinds entgegensah, war nicht mehr jung. Das störte Tomoko nicht. Sie fand sich noch hübsch genug mit ihren schmalen Augen und geschwungenen Lippen. Der Spiegel begleitete sie, seit sie achtzehn war. Er hatte ihre Tränen mitbekommen, ihr Lachen, was immer es an ihr zu sehen gab. Sie konnte selbstbewusst in das Glas blicken; es gab keine Notwendigkeit, das Erschlaffen ihrer Haut zu verleugnen oder die Fältchen, die sich um ihre Augen bildeten.

Als einzige Frau im Präsidium hatte Tomoko den Rang einer Polizeirätin inne. Sie war Mutter und ältere Schwester für achtundvierzig Beamtinnen, eine Anzahl, die größer war als der gesamte Personalbestand einiger der kleineren Bezirksdirektionen.

Sie hatte Wichtigeres zu tun, als sich zu schminken.

Sie verließ das Hauptgebäude und ging in raschem Tempo zum Parkplatz. *Ihr fehlt nichts. Es wird sich alles aufklären.* Das war lange Gewohnheit bei ihr. Ihr erster Schritt musste es sein, sich von den Ängsten und Sorgen, die an ihr nagten, frei zu machen. Seit fünfundzwanzig Jahren bewegte sie sich bereits in dieser Männerwelt. Sie wusste nur zu gut: Eine Polizistin, die Schwäche zeigte, hatte schon verloren.

2

Tomoko gab Gas und zog nach einer knappen Viertelstunde die Handbremse auf dem Parkplatz der Frauenunterkunft.

Der Bau sah aus wie ein ganz gewöhnlicher Wohnblock. Sich in die Umgebung einfügen, das war das oberste Ziel. Für die Absolventinnen der Polizeischule waren, wie für ihre männlichen Kollegen auch, fünf Jahre in einer Gemeinschaftsunterkunft Pflicht. Männer hatten keinen Zutritt. Ausgang war bis zehn. So berüchtigt die Polizei für solch drakonische Maßregeln war, die Versorgungsstelle trat ihre Kompetenzen bereitwilligst ab, sollte sich während dieser Zeit – wie das bei Tomoko der Fall gewesen war – ein geeigneter Bewerber finden.

Die Hausmutter, Toshie Hatsuda, eilte herbei, sobald Tomoko von der Tür her rief. »Nanao, haben Sie etwas von Mizuho gehört?«

»Noch nicht.«

»Ach … Was machen wir denn jetzt?«

Soweit Tomoko wusste, war Toshie rund zehn Jahre älter als sie, also Mitte fünfzig. Sie hatte keine Kinder. Ihr Mann, Beamter beim Kriminaldauerdienst, war während eines Einsatzes umgekommen, durch einen Messerstich bei den Ermittlungen in einer Einbruchssache; zwölf Jahre würde das im Sommer her sein. Die Verwaltungsabteilung hatte sie daraufhin hierher vermittelt, und seitdem ging sie in ihrer Rolle als Hausmutter der Frauenunterkunft auf.

Tomoko wurde es schwer ums Herz, wenn sie daran dachte. Sie war selbst mit einem Polizisten verheiratet gewesen. Trotz einer vielversprechenden Zukunft beim Personenschutz war er drei Jahre zuvor gestorben – nicht im Einsatz, nicht direkt zumindest, aber Tomoko fragte sich doch ab und zu, ob sein Tod nicht im weiteren Sinne als Karōshi gelten musste, als der inzwischen so gefürchtete Tod durch beruflichen Stress.

Toshie führte sie in die Küche, wo das Gemüse fürs Abendessen schon säuberlich geputzt auf dem Tisch lag.

»Sie ist heute Morgen ohne Frühstück aus dem Haus gegangen.«

»Tut mir leid, ich habe keinen Hunger«, hatte Mizuho gesagt, bevor sie aufgebrochen war. Das war um halb acht gewesen. Um diese Zeit ging sie sonst auch immer. Sie hatte ein cremefarbenes Kleid getragen, eines von mehreren, die sie für gewöhnlich für den Weg zur Arbeit anzog. Ein bisschen Make-up hatte sie aufgelegt, nicht mehr als üblich. Das einzig Auffällige war laut Toshie, dass sie vielleicht ein wenig niedergeschlagen gewirkt hatte.

»Und gestern Abend?«

»Sie ist spät gekommen. Ich meine, sie muss ja mal früher ausrücken und mal später, da ist das nicht unbedingt etwas, wo man ...«

Tomoko nickte.

Bei jeder schwereren Straftat in der Präfektur wurde die Spurensicherung hinzugezogen. Ihre Aufgabe war es, Fuß-, Fingerabdrücke sowie sonstige Spurenträger sicherzustellen. Der Kleinbus holte Mizuho ab, und sie und das Team eilten an den Schauplatz des Verbrechens. Mit den Phantombildern beschäftigte sie sich nur nebenbei.

Mizuho war erst nach zehn Uhr zurückgekommen, so Toshie. Sie hatte vom Hausflur zu Toshie hereingerufen, sich für die Verspätung entschuldigt und ihr eine gute Nacht gewünscht. Bis Toshie die Tür erreicht hatte, war sie schon weitergegangen; Toshie hatte nur noch ihre Schritte auf der Treppe gehört. Sie hatten weniger energisch geklungen als sonst, und Toshie erinnerte sich, dass sie gedacht hatte, Mizuho sei offenbar müde.

Es ergab keinen Sinn.

Toshie sagte, dass Mizuho bedrückt gewesen sei, aber das passte nicht. Mizuho hatte sich mittags mit kindlicher Ausgelassenheit für ihren Triumph feiern lassen. Tomoko hatte es schließlich selbst miterlebt. War danach etwas vorgefallen? Etwas, das ihr vor ihrer Heimkehr um kurz nach zehn die Laune verdorben hatte? Das die Begeisterung hatte schal werden lassen? Hatte sie irgendeine Art Schock erlitten?

Männerprobleme?

Es war das Erste, was einem einfiel.

»Wissen Sie, ob sie einen Freund hat?«

»Einen Freund? Nein, das glaube ich nicht. Sie ist extrem vernünftig. Nein, ich bin mir ziemlich sicher, dass sie keinen hat.«

Der abwehrende Ton versetzte Tomoko einen Stich. Gleichzeitig ertappte sie sich dabei, dass sie Toshie um ihre Nähe zu dem Mädchen beneidete. Auch sie zweifelte ja nicht an Mizuhos Vernunft, aber die Mütterlichkeit, die Toshie hier zur Schau trug, ließ für Tomoko selbst keine andere Rolle als die der Verwaltungsbeauftragten zu. Vielleicht beabsichtigte Toshie ja genau das. *Die Polizei hat uns beiden den Mann genommen. Aber du hast immer noch deinen Sohn. Also lass mir wenigstens die Mädchen.* Immer wieder meinte Tomoko das aus ihrem Blick herauszulesen.

Die Standuhr in der Küche begann zu schlagen.

Halb zwölf.

Vier Stunden waren vergangen, seit Mizuho von hier aufgebrochen war. Nachdem sie in all der Zeit nichts gehört hatten, konnten sie einen Verkehrsunfall wohl ausschließen. Und auch wenn die Möglichkeit eines Verbrechens noch nicht vom Tisch war, hatten Toshies Auskünfte doch Tomokos Ängste bezüglich der Biker-Gang weitgehend zerstreut. Wenn Mizuho schon gestern Abend bedrückt gewirkt hatte, sprach vieles dafür, dass was immer den Stimmungsumschwung ausgelöst hatte, auch schuld war an ihrem Verschwinden.

Ihrem Verschwinden.

Das Wort traf Tomoko hinterrücks. Verschwinden, das war mehr als Fehlen. War es schon angemessen? Wie, wenn sich an der Lage bis heute Abend nichts änderte? Und morgen und übermorgen auch nicht? In Betracht ziehen mussten sie das jedenfalls.

Junge Polizistin. Aufenthaltsort unbekannt.

Tomoko erhob sich.

»Kann ich ihr Zimmer sehen?«

Toshie nickte und wollte schon in ihr Büro gehen. Dann blieb sie stehen, als wäre ihr etwas eingefallen. Sie suchte in ihrer Schürzentasche und zog einen Schlüssel mit einer aufgeklebten Sechs hervor.

»Waren Sie schon oben?«

»Ja. Ich dachte, sie hätte vielleicht einen Zettel hingelegt, aber ich habe nichts entdeckt.«

Ein Zettel, am besten auf dem Schreibtisch, der ihre Abwesenheit erklärte.

Das war auch Tomokos Hoffnung gewesen; zu hören, dass es nichts dergleichen gab, war entmutigend. Trotzdem, vielleicht fand sich ja ein anderer Hinweis. Nachsehen schadete nichts.

Sie ging zur Treppe; sie kannte den Weg. Sie richtete es immer so ein, dass sie bei den Ein- und Auszügen zugegen war, und sie schaute regelmäßig vorbei, um sich die Sorgen und Nöte der jungen Beamtinnen anzuhören. Ob es allerdings half? Sie war sich nicht sicher. Mizuho war ohne ein Wort verschwunden. Und Tomoko sah sich außerstande, irgendeine Erklärung dafür zu liefern.

Erster Stock. Nummer 6.

An der Tür standen zwei Namen: Mizuho Hirano und Junko Hayashi. Tomoko sperrte auf. Die Luft veränderte sich, als sie die Tür öffnete, etwas kitzelte sie in der Nase. Irritiert hielt sie inne.

Parfüm?

Andere hätten es vermutlich gar nicht bemerkt. Der Geruch war schwach, aber unverwechselbar. Tomoko hatte einen angeborenen Widerwillen gegen das Zeug. Und sie hatte nie auch nur einen Hauch von Parfüm an Mizuho oder ihrer Zimmergenossin wahrgenommen – an ihnen selbst nicht, und erst recht nicht in ihrem Zimmer.

Mizuhos Schlafraum lag rechts vom Gemeinschafts-
bereich, der Bad, Toilette et cetera umfasste. Die Tür
war nicht abgeschlossen. Mit klopfendem Herzen drehte
Tomoko den Griff und stieß sie auf. Der Geruch wurde
stärker.

Das Fläschchen stand auf einem kleinen Frisiertisch, der
wie ein Kindertischchen aussah. *Chanel No 19*. Da sie selbst
nie Parfüm auflegte, kannte sich Tomoko mit solchen Sachen nur begrenzt aus. Aber auch sie wusste, dass diese
spezielle Marke von Männern gern als Geschenk gekauft
wurde.

Also doch ein Mann.

Tomoko seufzte und atmete tief durch, ehe sie sich den
Rest des Zimmers vornahm. Zahlreiche Porträts schmück-
ten eine der Wände. Die Zeichnungen zeigten Schauspie-
ler, Prominente, neue Moderatoren, Komiker und andere
Fernsehgrößen und waren in säuberlichen Reihen auf-
gehängt. Tomoko war schwer beeindruckt gewesen, als sie
die Sammlung zum ersten Mal gesehen hatte. Mizuho hatte hart an sich gearbeitet. Extrem hart.

Ein Phantombild war die nach Zeugenaussagen angefertigte Zeichnung eines Tatverdächtigen. Es galt als zu-
verlässiger als die zuvor eingesetzte Fotomontage und war
mittlerweile in Direktionen landesweit fester Bestandteil
des Ermittlungsinstrumentariums. Mizuho war die dritte
Frau in der Präfektur, die mit der Erstellung dieser Zeichnungen befasst war. Bei der Kriminaltechnik sah man in
ihr größeres Potenzial als in ihren Vorgängerinnen, deshalb hatte man begonnen, ihr Talent aktiv zu fördern. Mizuho bekam Stunden bei einem renommierten Maler und

besuchte zweimal die Woche einen Kurs an der städtischen Kunstakademie.

Die Investition hatte sich ausgezahlt.

Ihr Phantombild von dem Gang-Anführer hatte sich als verblüffend akkurat erwiesen. Sie hatte die Erwartungen ihrer Abteilung gerechtfertigt und ihre Stellung bei der Polizei als Ganzes gefestigt. Tomoko war stolz auf sie gewesen. Eines ihrer Mädchen hatte sich ein ehrgeiziges Ziel gesteckt und war für seinen Einsatz belohnt worden.

Und doch …

Die Zeichnungen an der Wand. Das Fläschchen auf dem Frisiertisch. Was davon, fragte sich Tomoko, spiegelte Mizuhos jetzige Prioritäten klarer wider?

Auf dem Weg nach draußen klopfte Tomoko noch einmal bei Toshie. »Hatte sie Parfüm aufgelegt, als sie ging?«

»Parfüm? Ist mir nicht aufgefallen. Sie hat eigentlich nichts übrig für so was.« Toshie lugte aus ihrem Büro, schon wieder mit dieser abwehrenden Art, ihrerseits umweht von einem winzigen Hauch Parfüm.

Tomoko fuhr zurück ins Präsidium.

Junko würde an ihrem Schreibtisch in der Verkehrsabteilung sitzen. Als Mizuhos Mitbewohnerin wusste sie wahrscheinlich mehr. Über das Parfüm. Und über den Mann.

Moment …

Ein kurzer Stopp an der Ampel genügte Tomoko, um eine neue Ungereimtheit zu finden. Mizuho hatte das Haus in ihrer normalen Pendlerkleidung verlassen. Sie war geschminkt gewesen, aber nicht mehr als sonst. Wozu dann Parfüm? Mizuho besaß Verstand genug, um nichts

Auffälliges anzuziehen, falls sie wirklich auf dem Weg zu einem Rendezvous gewesen war. Und wenn die Beziehung weiter fortgeschritten war, gab es sowieso keinen Grund mehr, sich schick zu machen.

Die Ampel schaltete auf Grün.

Tomoko stieg hart aufs Gas. Es war schon nach zwölf. Mit jeder Minute, die der Zeiger vorrückte, wurde Mizuho unausweichlicher von der säumigen Kollegin zur vermissten Person.

3

Junko Hayashi schaute verdutzt, als Tomoko in Straßen-kleidung bei ihr auftauchte.

Tomoko setzte sich mit ihr auf eine Bank draußen im Hof. Im Sitzen erlangte sie ihren Größenvorteil zurück. Da sie beide der Mindestgröße für Polizistinnen entsprachen, hieß das, dass Junko bemerkenswert lange Beine hatte. Sie hielt die Knie elegant geschlossen, ihre Augen mit der Oberlidfalte – die Männer so anbetungswürdig fanden – blinzelten verwirrt angesichts dieses unerwarteten Tête-à-Têtes. Dass Mizuho fehlte, war ihr offenbar neu.

»Aber das … Ich meine, sie war doch für die Arbeit an-gezogen.«

»Ich weiß. Sind Sie mit ihr zusammen aufgebrochen?«

»Nein, vor ihr.«

»Hat sie sich irgendwie seltsam benommen?«

»Seltsam benommen? Ich glaube nicht. Nicht anders als sonst.«

»Und gestern Abend?«

»Da muss ich überlegen. Ich bin früh ins Bett gegangen. Ich hab sie nicht mal mehr heimkommen hören. Ich war sofort weg, ich hab keinen Ton mehr gehört.«

Junko war die Art Frau, die, wenn sie einmal ins Reden kam, schnell vergaß, dass sie Polizistin war. Tomoko er-fuhr frustrierend wenig Neues, aber nicht nur das ließ sie fast aufstampfen vor Unmut. Sie hatte Junko in ihrem Abschlussjahr an der Polizeischule unterrichtet.

Sie sollten aufpassen, dass Sie nicht auf Ihr Aussehen reduziert werden.

Diese Warnung hatte Tomoko ihr beim Abschied mit auf den Weg gegeben, aus gutem Grund. Und wie befürchtet, wurde das Mädchen in der Verkehrsabteilung schon jetzt als eine Art Trophäe gehandelt. Die Vorgesetzten liebten sie. Tee holen. Besorgungen erledigen. Bei Empfängen die Drinks herumreichen. Sie ließ ihre strahlend weißen Zähne blitzen, auch im Dienst, als würde sie zwischendrin völlig vergessen, dass sie in Uniform war.

Gut, dachte Tomoko, auch so kam man vorwärts. Die Polizei war ein Männerverein, insofern war dies vermutlich der Weg des geringsten Widerstands. Dennoch blieb es eine Tatsache, dass sich jede ihrer Schutzbefohlenen an irgendeinem Punkt bewusst für den Polizeiberuf entschieden hatte. Tomoko verlangte von ihnen nicht, sich in direkte Konkurrenz zu ihren männlichen Kollegen zu begeben, aber sie hoffte doch, dass sie sich wenigstens eine Nische schufen, irgendeinen kleinen Bereich, und sei er noch so bescheiden, auf den sie stolz sein konnten. Nur so ließ sich ihren Nachfolgerinnen der Weg ebnen, und nur so ließen sich die Stimmen zum Schweigen bringen, die nach wie vor den Ausschluss von Frauen aus der Polizei forderten.

Eine Beamtin aus der Jugendkriminalität ging vorbei, und Junko winkte ihr verstohlen zu, die Hand auf Höhe der Hüfte. *Schau, wer mich am Wickel hat.* Vielleicht schnitt sie sogar eine kleine Grimasse, damit die Botschaft auch ja ankam.

Tomoko kämpfte ihre Enttäuschung nieder und nahm den Faden wieder auf. »Mizuho hat eine Flasche Chanel bei sich im Zimmer.«

»Ach wirklich?«

Junkos Ausdruck verriet Nervosität. Und wenn sie nervös wurde, dann hieß das wahrscheinlich, dass sie etwas wusste. Tomoko musste irgendwie das »Wir gegen die«-Denken durchbrechen, sonst würde aus ihr gar nichts herauszuholen sein. Sie beugte sich zu Junko vor, so nah, wie der Shampoo-Duft es zuließ.

»Schauen Sie, ich versuche sie zu finden, aber ich brauche irgendeinen Anhaltspunkt. Verstehen Sie?«

»Ja, klar.«

»Hat sie sich das Parfüm gekauft? Oder hat jemand es ihr gegeben?«

»Sie hat es geschenkt bekommen, sagt sie.«

»Wissen Sie, von wem? Keine Sorge, ich plaudere es auch nicht aus. Ich muss es nur wissen.«

Junko seufzte, wie um zu sagen, *na gut, wenn's nicht anders geht ...* »Sie hat gesagt, es wäre einer von den Reportern.«

»Was?« Einen Moment lang wurde es Tomoko fast eine Spur schwindlig. Ein Reporter, der mit einer Polizistin anbändelte. Das war die Art Beziehung, die die Polizei hasste und fürchtete wie keine andere. Sie senkte die Stimme zu einem Flüstern. »Haben sie etwas miteinander?«

»Nein. Ich meine, jedenfalls nicht so. Er stalkt sie eher.«

Junko fing zu faseln an, sie kam vom Hundertsten ins Tausendste, aber es gelang Tomoko, die wesentlichen Punkte herauszufiltern.

Der Reporter machte Mizuho schon seit einer Weile schöne Augen. An einem Abend etwa vor einem Monat hatte er sie auf dem Parkplatz vor der Unterkunft abgepasst, als sie von der Arbeit heimkam, und ihr das Parfüm überreicht – ein Mitbringsel von einer Auslandsreise, wie er sagte. Mizuho hatte es natürlich nicht annehmen wollen, aber er hatte es ihr einfach in die Hand gedrückt und war gegangen. Mizuho hatte lange nicht gewusst, was sie damit machen sollte. *Was meinst du? Soll ich ihm sagen, dass er es wieder zurücknehmen muss?* So, wie es klang, hatte sie sich mehr als einmal bei Junko Rat geholt.

»Wie heißt er?«, fragte Tomoko, nun ihrerseits mit einem Seufzer.

»Das weiß sie nicht, hat sie gesagt.«

Angeblich wusste Mizuho weder, wie der Mann hieß, noch, bei welcher Zeitung er war. Sie kannte ihn vom Sehen, aber nur, weil sie sich immer wieder an den Tatorten begegneten. Zumindest hatte sie das Junko erzählt.

»Aber vielleicht sagt sie nicht ganz die Wahrheit. Sie beschwert sich gern über ihn, aber dabei sieht sie eigentlich ziemlich zufrieden aus.«

Es war etwas in ihrem Blick, als sie das sagte, etwas Schadenfrohes, vielleicht sogar etwas Gehässiges. Tomoko entließ sie zehn Minuten vor Ende der Mittagspause, damit sie noch in den Waschraum gehen und ihr Make-up auffrischen konnte, und machte sich auf den Weg zurück ins Hauptgebäude.

Parfüm. Reporter. Unentschuldigtes Fehlen.

Es gab eine Verbindung, das wusste sie, und doch wollten sich die einzelnen Teile nicht zusammenfügen. Die

Zeit war zu kurz. Erst ein Monat war vergangen, seit der Reporter Mizuho das Parfüm geschenkt hatte. Aber selbst *wenn* seitdem eine Romanze zwischen ihnen aufgekeimt war, gab ihr das längst noch keinen Grund, wegzulaufen. Bei der Polizei mochte eine solche Liaison tabu sein, doch die Gesellschaft fand nichts dabei, wenn aus einer Polizistin und einem Reporter ein Paar wurde. Mizuho musste nur den Dienst quittieren, und schon wäre das Problem behoben. Wobei natürlich die Liebe selbst Problem genug sein konnte. Der Schaden, den sie über die Zeiten schon angerichtet hatte, war ungeheuer, sinnierte Tomoko.

Den Gedanken an ein Verbrechen hatte sie inzwischen mehr oder weniger verworfen. Eine junge Polizistin wurde vermisst. Sie unterschätzte die Brisanz der Situation nicht, aber es fiel ihr zunehmend schwer, die Enttäuschung zu ignorieren, die sich in ihr breitmachte. Was ihre Gründe auch sein mochten, es sah immer mehr danach aus, als hätte Mizuho sich kurzerhand abgesetzt. Und wenn das so war, welchen Zweck hatte es dann, sie aufzuspüren und zurückzuholen?

Im Umkleideraum zog sich Tomoko die Uniform wieder an.

Sie erinnerte sich noch gut an ihr Hochgefühl, als sie die Arme zum ersten Mal in die Ärmel des Uniformhemds gesteckt hatte. Der Stolz von damals war um nichts geringer geworden. Und doch hatte es auch bei ihr Zeiten gegeben, da sie gezweifelt hatte. Vielleicht zweifelte sie tief drinnen sogar nach wie vor. Sie hatte sich gesorgt, dass die Uniform unkleidsam war. Dass sich damit kein Staat machen ließ. Dass sie selbst doch zu anderen Dingen berufen sein könnte. Vielleicht hatte Mizuho einfach beschlossen, dass sie keine Polizistin mehr sein wollte.

Tomoko verließ den Umkleideraum.

Der Ring an ihrer Linken erinnerte sie an ihren Mann. Sie schalt sich dafür, dass sie ausgerechnet jetzt an ihn dachte, dass sie sich noch immer Rat von ihm erhoffte, aber sie kam nicht los von dem Drang, in ihrer Hilflosigkeit bei dem kleinen Silberreif Trost zu suchen.

4

Futawatari war nicht da.

Tomoko bemerkte es nicht ohne Erleichterung; sie verspürte wenig Lust, ihm von dem Parfüm oder dem Reporter zu erzählen. Andererseits hatte sie gehofft, sich mit ihm über das weitere Vorgehen beraten zu können. Auch wenn sie sich nicht sicher war, wie weit sie ihm trauen konnte, war er doch der einzige Führungsbeamte in der Verwaltung, an den sie sich in dieser Frage wenden mochte.

Das Sofa vor der Tür des Direktors war voll besetzt mit hochrangigen Beamten aus den verschiedenen Dezernaten der Verwaltungsabteilung, ein jeder mit einem Stapel Akten bewaffnet. Der tagtägliche Pilgerzug zu Akamas Büro hatte begonnen.

Hajime Akama.

Der Mann hatte Direktor Oguro ersetzt, den gefürchteten, autokratischen Verwaltungschef, der im Frühjahr Leiter der Regionalbehörde geworden war. All die Leidtragenden von Oguros Regime hatten beim Anblick dieses sanft aussehenden Nachfolgers befreit aufgeatmet. Aber ihre Freude war kurzlebig gewesen. Akama, so stellte sich heraus, liebte Statistiken. Er forderte Rechenschaft über jeden einzelnen Vorgang in der Abteilung, ging akribisch noch der kleinsten Kleinigkeit nach. Mit einer Zwanghaftigkeit, die ans Pathologische grenzte, ließ er sich alles belegen, von der Anzahl der Schlagstöcke, die in den Revieren im Einsatz waren, bis hin zu der Zahl der Bäume, die um die Polizeiunterkünfte gepflanzt wurden.

Das Ergebnis war eine Verdreifachung der Arbeitslast.

Jeder Beamte musste auf jedwede Frage, die sich die NPB oder der Präsident einfallen lassen mochten, jederzeit eine Antwort und dazu die relevante Dokumentation bereithalten. Akamas Ziel war es anscheinend, sich als der am bestinformierte Funktionär zu etablieren, den die Präfektur je gehabt hatte.

Tomoko griff zum Telefon, den Blick auf die aufgeregte Prozession von Dezernatsleitern gerichtet, die Akamas Büro betraten und verließen. Es war ein Uhr mittags. Eigentlich konnte sie es schon jetzt nicht mehr rechtfertigen, Mizuhos Eltern nicht längst von der Abwesenheit ihrer Tochter unterrichtet zu haben.

Sie fragte sich noch, wie sie das Thema am besten anschnitt, als Mizuhos Mutter abhob und ihre Überlegungen sich als überflüssig erwiesen.

Morishima war ihr zuvorgekommen.

»Es tut mir so leid. Dass Sie jetzt so viel Mühe haben ...«

Die Frau war wahrscheinlich krank vor Sorge; dennoch klang ihr Ton in erster Linie entschuldigend. *Mit ihrem Beruf verheiratet.* So hatten sich Mizuhos Eltern, beide einfache Bauern, vermutlich mit der Tatsache zu arrangieren versucht, dass ihre einzige Tochter von daheim weggegangen war. Tomoko machte sich jetzt erst klar, wie sehr sie sich an die Hoffnung geklammert hatte, dass Mizuho zu Hause wäre und sich alles in Wohlgefallen auflöste. Aber Mizuho war nicht zu ihren Eltern gefahren. Nicht einmal angerufen hatte sie. Die Stimme ihrer Mutter war fast unhörbar, als sie zugab, dass sie sich keinen einzigen Grund denken konnte, weshalb Mizuho weggelaufen sein könnte.

Shirota näherte sich, kaum dass Tomoko den Hörer aufgelegt hatte.

»Irgendwelche Fortschritte?«

»Noch nicht«, sagte Tomoko, die keine Einzelheiten preisgeben mochte.

Alles, was Shirota von ihr erfuhr, würde er umgehend an Akama weitertragen, der nicht nur detailversessen, sondern noch dazu einer der härtesten Gegner von Frauen bei der Polizei war. Aber auch Shirota behandelte die Angelegenheit zu gleichgültig. War es so unwichtig, wenn eine Polizistin vermisst wurde? Ging er davon aus, dass dies trotz der vielen schon verstrichenen Stunden einfach ein Fall von unentschuldigtem Fehlen war? *Sie gehört zur Forensik. Soll sich das KUA doch selber um seine Leute kümmern.* Vielleicht war das seine Haltung.

»Wissen Sie, wo Futawatari ist?«

»Er hat gesagt, er will zur Bank.«

Zur Bank. Das hieß vermutlich, dass er Mizuhos Kontobewegungen überprüfte. Wenn sie eine größere Summe abgehoben hatte, wäre das ein Indiz, dass sie aus eigenem Antrieb verschwunden war.

Sobald sie von Shirota loskam, schlüpfte Tomoko aus dem Büro. Sie wollte sich von Morishima auf den neuesten Stand bringen lassen, bevor Futawatari zurückkehrte.

Der vierte Stock gehörte ganz dem KUA mit seinen verschiedenen Dezernaten, darum wurde er von den Verwaltungsmitarbeitern in aller Regel gemieden. Tomoko jedoch empfand die Kriminaltechnik als eine Art zweites Zuhause. Auf sie wirkte nichts dort einschüchternd.

Morishima mit seinem Bulldoggengesicht saß am Schreibtisch. Er war im Gespräch mit Yuasa, dem Leiter der Spurensicherung, hob aber die Hand zum Gruß, als er Tomoko hereinkommen sah.

»Konnten Sie in der Unterkunft irgendwas rausfinden?«

Sie nahmen alle drei auf einem Sofa hinter einer Trennwand Platz, die einen Sitzbereich vom Rest des Büros abteilte. Morishimas Pomade im Verein mit Yuasas Haaröl war eine massive Herausforderung für Tomokos Nase. Und auf die Warnhinweise auf den Zigarettenschachteln gaben die beiden eindeutig auch nichts.

Tomoko fasste zusammen, was sie von Toshie gehört hatte, hütete sich aber, den Reporter oder das Parfüm zu erwähnen. Sie tat dem Mädchen keinen Gefallen, wenn sie die Männer wissen ließ, dass Mizuho ein Geschenk von einem Mitglied der Presse angenommen hatte, selbst wenn es ihr aufgenötigt worden war. Dann kam sie zu ihren eigenen Fragen.

»In was für einer Verfassung war Mizuho gestern?«

»Sie war bester Dinge. Sie haben sie doch auch gesehen, oder, Spürnase?«

»Da gings ihr gut, das stimmt. Aber danach? Ist bei der Arbeit irgendetwas vorgefallen?«

»Nicht, dass ich wüsste. Solange sie hier war, schien sie quietschvergnügt. Stimmts, Yuasa?«

»Auf jeden Fall.«

Yuasa machte den Eindruck eines sensiblen Mannes,

zumindest im Vergleich zu dem Trampel Morishima. Er wirkte aufrichtig betroffen, dass ein Mitglied seines Teams vermisst wurde. Auch er bestätigte, dass nichts Nennenswertes vorgefallen war und dass Mizuho gegen sechs das Büro verlassen hatte.

»Wollte sie auf dem Weg noch irgendwo vorbeischauen, hat sie da etwas erwähnt?«

»Nein, gar nicht.«

Sie war um sechs Uhr gegangen, und alles hatte in bester Ordnung geschienen. Damit blieb ein Fenster von vier Stunden. Was immer ihr das Lächeln vom Gesicht gewischt hatte, musste in diesem Zeitraum passiert sein. Hatte sie sich mit jemandem getroffen? Möglicherweise dem Reporter? Tomoko fürchtete, dass es nicht einfach sein würde, die Leerstellen auszufüllen. Sie hätte sich vielleicht leichter getan, mehr zu erfahren, wenn Mizuho irgendwelche Kolleginnen gehabt hätte, aber sie war die einzige Frau in der Kriminaltechnik. In der Vergangenheit waren es zwei gewesen, zeitweise sogar drei. Aber Futawataris Entscheidung, die Beamtinnen großflächiger über die Präfektur zu verteilen, hatte nur diese eine Stelle übrig gelassen. In ihrem Vorschlag für eine Umverteilung, den Tomoko ihm am Morgen unterbreitet hatte, meldete sie Zweifel daran an, ob dies das klügste Vorgehen war.

Denk dran, die Waffen ruhen.

Sie versuchte, Futawatari aus ihrem Hirn zu verbannen.

Trotzdem … das könnte ich als Argument anführen.

Sie verbot sich den Gedanken. Sie hatte auch so gute Gründe, diese extreme Streuung abzulehnen. Die Beamtinnen wurden dadurch isoliert. Und das erhöhte die Gefahr, dass sie zu Alibi-Frauen wurden, wie Junko Hayashi. Das war es, was Futawatari begreifen musste.

Tomoko schob solche Überlegungen beiseite und wandte sich an Yuasa. »Wie macht sie sich so, nach Ihrer Einschätzung?«

»Gut, sehr gut. Sie arbeitet hart. Versteht sich mit den Kollegen. Mir ist nichts aufgefallen, das auf irgendwelche Probleme hindeuten würde. Gut, ich meine, sie ist natürlich …« Yuasa brach ab. Seinem Ausdruck nach zu schließen, hatte er kurzzeitig vergessen, mit wem er sprach.

Sie ist natürlich …

Der Satz war leicht zu vollenden. *Sie ist eine Frau, und wer kann in die schon reinschauen.* Ein Teil von Tomoko konnte ihm da nur recht geben. Sie grübelte darüber nach, als sie die Treppe wieder hinunterging. Auch sie tat sich zuweilen schwer, zu beurteilen, was in den Beamtinnen in ihrer Obhut vorging. Sie alle hatten sich für den Polizeidienst entschieden. Das hieß, sie waren grundsätzlich von besonnenem Wesen und überdurchschnittlichem Gemeinsinn. Dennoch konnte sie nicht leugnen, dass sie es von Jahr zu Jahr schwieriger fand, ihre Motivation zu verstehen.

Sie war machtlos dagegen. Das Gefühl saß zu tief.

Auch sie veränderte sich ja zweifellos. Zwar sah sie sich nach wie vor als eine von ihnen, aber Tatsache war, dass sie jetzt zur Verwaltung gehörte und die Aufsicht über ihre achtundvierzig Schützlinge zu führen hatte. Sosehr sie sich bemühte, die Dinge mit ihren Augen zu sehen, musste sie doch bei jeder Entscheidung, die sie traf, auch die Interessen des großen Ganzen im Blick behalten. Selbst jetzt, wo sie alles aufbot, um sich in Mizuho einzufühlen, sann ihr Hirn gleichzeitig auf Mittel und Wege, einen möglichen Schaden von der Polizei abzuwenden.

Shirota hob die Hand, als sie wieder ins Zimmer kam. Er deutete mit dem Finger auf Akamas Büro. Während sie auf die Tür zuging, meinte sie schon den aufdringlichen Duft von Akamas Rasierwasser zu riechen.

5

»Sehe ich das richtig, Gruppenleiterin Nanao, dass wir die Sache noch nicht als Fall behandeln?«, fragte Akama auf seine gewohnt glattzüngige Art.

»An diesem Punkt noch nicht, nein.«

»Hat sie einen Freund?« Er hielt den Ringfinger hoch.

»Soviel ich weiß, nicht, Herr Direktor«, erwiderte Tomoko, ehe sie den Blick abwandte.

Insgeheim schauderte es sie. Die goldgeränderte Brille, der Maßanzug. Der teure Herrenduft. Akama gab sich gern elitär, der feine Herr aus Tokio, aber er konnte erschreckend primitiv sein. Drei andere waren zusammen mit ihr einbestellt worden: Dezernatsleiter Shirota aus der Verwaltung, Dezernatsleiter Ogino von der Versorgungsstelle und Dezernatsleiter Takegami von der Innenrevision. Ein Vier-Augen-Gespräch mit einer Polizeibeamtin war offenbar unter Akamas Würde.

»Und wie ist sie – ich meine, wie ist sie wirklich – als Polizeibeamtin?«

»Äußerst pflichtbewusst, Herr Direktor. Kein einziger Fehltag bis jetzt. Sie ist zuverlässig, ganz und gar nicht der Typ, der einfach aufgibt, und sie ist stolz auf ihre Arbeit.« Die Worte gingen ihr leicht von den Lippen. Die gegenwärtige Situation hin oder her, das war die Mizuho, die sie kannte.

»Das ist die anfälligste Sorte. Da fehlt der notwendige Schutzmechanismus«, sagte Akama, sehr zufrieden mit seiner Analyse.

Völlig unberechenbar, sobald ein Mann ins Spiel kommt. Die Liebe lässt sie durchdrehen. So sehr, dass sie alles opfern, wofür sie gearbeitet haben.

Akama war einer dieser Männer, die solche Aussagen für bare Münze nahmen und gar nicht auf die Idee kamen, sie zu hinterfragen. Sicher, auch Tomoko hatte überlegt, ob hinter Mizuhos Verschwinden ein Mann steckte. Sie hegte diesen Verdacht nach wie vor, ob es nun der Reporter war oder ein anderer. Doch für sie zeigte das lediglich, dass Beziehungen eben manchmal die Grenzen sprengten, die Vernunft und gesunder Menschenverstand einem setzten. Sie leitete daraus nicht ab, dass so etwas nur Frauen passierte.

Es gab genügend Fälle, die das Gegenteil bewiesen.

Akama würde von seinem Standpunkt natürlich nicht abrücken. Nicht lange nach seinem Amtsantritt hatte er sie um eine Liste der Beamtinnen in der Präfektur gebeten.

Achtundvierzig haben Sie? Warum denn so viele? Bei meinem letzten Posten war es eine einstellige Zahl. Mein Vorschlag wäre, Sie sehen zu, ob Sie nicht ein paar von diesen Mädchen unter die Haube bringen.

Es gab eine Obergrenze für die Zahl der Polizeibeamten, die eine Präfektur einstellen durfte. Diese bemaß sich nach der Einwohnerzahl der Präfektur. Trotz einer gestiegenen Kriminalitätsrate und einer höheren Dichte von Polizeieinsätzen hatte sich die Obergrenze seit Jahren nicht verändert. Das bedeutete, dass die Polizei mit einer immer höheren Aufgabenlast zu kämpfen hatte. Erschwerend kam hinzu, dass keine Frauenquote festgelegt war. Jede zusätzliche Frau bei der Polizei nahm damit einem Mann den Platz weg. *Sie haben den besseren Blick fürs Detail.* Es gab Führungsbeamte, die in der Öffentlichkeit solche Allgemeinplätze von sich gaben, während sie sich privat ganz anders äußerten. *Sie machen nichts als Schwierigkeiten. Für Recht und Ordnung kann nur ein Mann sorgen.* Ihre langjährige Polizeierfahrung hatte Tomoko gelehrt, wie tief solche Ansichten oft saßen.

Allerdings hatte sie noch nie jemanden getroffen, der seine Vorurteile so offen aussprach wie Akama. Auch er hoffte bestimmt, dass Mizuho nichts Schlimmes zugestoßen war. Aber gleichzeitig sah er in dem Vorfall eine willkommene Gelegenheit, sich einer Beamtin zu entledigen. So seelenruhig, wie der Mann dasaß, konnte Tomoko nichts anderes vermuten.

»Gut. Behalten wir die Sache im Auge.«

Akama erhob sich schon von seinem Sofa, als Futawatari klopfte und unverzüglich hereinkam.

»Wir haben Mizuhos Auto gefunden.«

Schweigen trat ein.

»Wo?«, fragte Tomoko dann. Das Wort verkantete sich in ihrer Kehle.

»Vor der Bahnstation M.«

Tomoko wusste nicht, was sie sagen sollte. *Bahnstation M.* Wo der Gang-Anführer der alten Frau die Handtasche weggerissen hatte. Die Angst, die sie zwischenzeitlich abgetan hatte, die Angst, Mizuho könnte in Gefahr sein, kehrte mit aller Macht zurück. Sie eilte hinaus, hinter

Futawatari her. In ihrem Kopf wirbelte alles durcheinander. Was hatte Mizuho sich dabei gedacht? Was hatte sie zu erreichen gehofft? Steckte sie in der Klemme?

Lass ihr nichts zugestoßen sein!

Das war nicht die besorgte Polizeikollegin, die da aus ihr sprach, nicht die Verwaltungsbeamtin mit der Aufsichtspflicht. Es war eine Mutter, die ihre Tochter beschützen wollte.

6

»Ich kann Sie gern ablösen.«

»Kein Problem. Wir sind gleich da.«

Vielleicht war es Futawataris unerreichtes Talent für Risikomanagement, das ihm geboten hatte, sich ans Steuer zu setzen. Wobei Tomoko beim Aufbruch zugegebenermaßen kaum fahrtüchtig gewesen wäre.

»Glauben Sie ...«

»Ja?«

»Glauben Sie, da steckt vielleicht die Biker-Gang dahinter?«

»Das ist in diesem Stadium schwer zu sagen.«

»Darüber hatte ich mir heute Morgen Gedanken gemacht. Nachdem ich all diese Artikel gelesen hatte.«

»Verständlich.«

Tomoko hatte mit einer zustimmenden Äußerung gerechnet, aber Futawataris Reaktion kam ihr merkwürdig verhalten vor. Hatte er eine eigene Theorie?

Er fuhr in den Kreisverkehr vor dem Bahnhof ein. Da stand Mizuhos rotes Auto. Der Kleinbus der Spurensicherung parkte gleich daneben. Morishima war ebenfalls da.

»Ich steige schon mal aus.«

Tomoko sprang aus dem noch nicht ganz still stehenden Wagen und legte die Strecke bis zu den Autos im Laufschritt zurück.

»Herr Dezernatsleiter?«

»Das ging ja schnell, Spürnase.«

Mizuhos Auto stand am Rand der Kurzparkzone.

»Seit wann steht es schon hier?«

»Nicht ganz zwei Stunden, sagen die Kollegen.«

Morishima wies mit dem Kinn in Richtung eines Polizeihäuschens, das keine dreißig Meter entfernt lag. Die Spurensicherung war gerade erst eingetroffen; Yuasa und sein Team waren noch mit dem Ausladen beschäftigt. Normalerweise würde in einem solchen Fall nicht das Präsidium eingeschaltet, aber bei einer der Ihren überließen sie die Sache wohl ungern der Bezirkspolizei.

Tomoko nahm den Wagen in Augenschein. Sie rief sich die Regeln ins Gedächtnis. Die erste Überprüfung hatte aus einem Abstand heraus zu erfolgen. Nichts wies darauf hin, dass das Auto abrupt zum Stillstand gekommen war. Es stand parallel zum Randstein, die Vorderräder sauber ausgerichtet. Kratzer oder Dellen waren keine zu sehen, die Winkel der Außenspiegel stimmten. Sie umrundete das Fahrgestell und inspizierte die Fenster. Keine Sprünge im Glas und keine Blutspuren.

»Kommen Sie bloß nirgends dran!«, warnte Morishima.

Tomoko zog den Kopf von der Scheibe zurück. Sie sah sich um. Das Passantenaufkommen war hoch. Die Kurzparkzone von allen Seiten einsehbar. Kein Ort, so entschied sie, der sich dafür anbot, eine erwachsene Frau zu entführen.

»Dann wollen wir mal.«

Das Team versammelte sich um den Wagen. Yuasa öffnete das Schloss geschickt mit einem Stück Draht.

»Darf ich kurz?«

Tomoko drängte sich nach vorn. Pomade oder Haaröl durften ihr auf keinen Fall zuvorkommen, sonst hatte sie keine Chance, das Wageninnere auf Gerüche zu testen.

Morishima streifte ein Paar weiße Handschuhe über und zog die Fahrertür auf, nachdem er sie nochmals ermahnt hatte, nur ja nichts als ihre Nase zu benutzen. Tomoko beugte sich hinein und reckte den Kopf vor. Sie hatte mit Chanel gerechnet, doch jetzt witterte sie etwas Unerwartetes, schwach, aber unverkennbar. *Zigaretten.* Kein zweiter Geruch war ihr so zuwider. Sie schnupperte noch einmal, beugte sich vor, bis ihre Nase fast den Fahrersitz berührte. Immer noch nicht der leiseste Hauch von Parfüm. Konnte es verflogen sein? Überlagert durch das Nikotin? Möglich auch, dass Mizuho einfach kein Parfüm aufgelegt hatte. Ihr Zimmer hatte danach gerochen, aber niemand hatte bestätigt, dass sie bei ihrem Aufbruch heute Morgen welches getragen hatte.

»Können Sie irgendwas feststellen?«, ertönte Morishimas Stimme von hinten.

Tomoko drehte sich um und bat darum, dass man ihr den Aschenbecher aufklappte. Yuasa zog das Fach für sie heraus. Zwei Stummel. Mild Seven. Die Filter waren sauber. Kein Lippenstift. *Der Reporter?* Tomokos Gedanken rasten. Morishima und die anderen wechselten Blicke. Ihre Mienen wirkten betreten.

»Im Ernst? Ein Mann?«

Tomoko steckte den Kopf ein zweites Mal hinein. Diesmal ignorierte sie die Gerüche und gebrauchte stattdessen ihre Augen.

Der Winkel des Rückspiegels? *Korrekt.* Sonnenblende? *Hochgeklappt.* Fußmatten und Sitzpolster? *Sauber.* Irgendetwas leicht zu Übersehendes, etwa ein Maskottchen, auf dem Boden? *Nichts.* Sichtbare Blutflecken? *Keine.*

»So, Spürnase. Genug geschnüffelt.«

Der Fahrersitz weit nach vorn geschoben. Zu dicht am Lenkrad für einen Mann, es sei denn einen extrem kleinen. Was hieß, dass Mizuho gefahren sein musste …

Morishima fasste Tomoko bei der Schulter und lotste sie aus dem Kreis der Beamten. Erst jetzt, da ihr Körper seine Spannung verlor, merkte sie, wie sehr sie sich verkrampft hatte. Mizuho war nicht entführt worden. Sicher, da waren die Zigarettenstummel, die mehr oder weniger klar bewiesen, dass ein Mann mit ihr im Auto gesessen hatte; dennoch deutete nichts darauf hin, dass ihr etwas zugestoßen sein könnte. Es gab keine einzige Spur. Mizuho war zum Bahnhof gefahren, hatte ihr Auto geparkt und abgesperrt und war weggegangen. Mit dem Mann, der Mild Seven rauchte. Entweder das, oder sie war allein hergekommen, um sich später mit ihm zu treffen. Eines zumindest schien sicher: Ihr Ziel war der Bahnhof gewesen. Hier parkte nur, wer zum Bahnhof wollte. Also hatte sie höchstwahrscheinlich einen Zug bestiegen. Die Shitetsu-Linie fuhr in Ost-West-Richtung, und auf halber Strecke konnte sie in einen JR-Zug umsteigen und nach Norden oder Süden weiterfahren. Mit diesen Zügen gelangte man auch aus der Präfektur heraus.

Bei der Vorstellung wurde Tomoko flau im Magen. Kein Wunder, sie hatte keinerlei Mittagspause gehabt. Sie winkelte den Arm an und sah auf die Uhr. Schon halb vier.

Ich sollte einen Bissen essen.

Sie ging zu dem nächstgelegenen Laden und kaufte wahllos ein paar Gebäckstücke. Sie wollte schon zum Bahnhof zurückkehren, da sah sie eine Telefonzelle. Noch immer fahrig vor Nervosität, wählte sie eine Nummer. Nach mehrmaligem Klingeln hörte sie den unwillkommenen Klang ihrer eigenen Stimme, die ihr mitteilte, dass sie nicht zu Hause war.

Sie hinterließ eine kurze Nachricht.

»Yacho, ich komme heute später. Im Kühlschrank ist ein Curry.«

Sie hängte ein und bemerkte dann erst Futawatari, der mit einem Dosenkaffee hinter ihr stand.

»Ihr Sohn ist in der Neunten?«

»Zehnte inzwischen«, sagte Tomoko und errötete leicht.

»Das heißt, er hat bald seine Prüfungen. Da hat er eine anstrengende Zeit vor sich.«

»Tja, er hat leider wenig Ehrgeiz, was die Prüfungen angeht. Ihre Tochter, wie weit …?«

»Kommt dieses Frühjahr in die Oberschule. Sie ist ziemlich frech, handelt sich ständig Ärger ein.«

Futawatari hatte von Morishima bereits erfahren, dass nichts an dem Wagen auf eine Straftat hindeutete. Er werde zurück ins Präsidium fahren, sagte er Tomoko und wollte wissen, was sie vorhatte. Sie hätte gern vor Ort gewartet, befürchtete aber, dass sie in ihrer Uniform zu sehr auffiel. Die Spurensicherung würde ohnehin noch eine Weile zu tun haben. Sie sagte ihm, dass sie mit ihm mitfahren würde, und übernahm für die Rückfahrt das Steuer.

»Was haben Sie in der Bank herausgebracht?«

»Sie hat ihr Konto nicht angerührt. Keinerlei Zu- oder Abgänge.«

»Sehr weit kann sie also nicht sein.«

»Möglich. Wobei sie auch unterwegs Geld abheben könnte, wenn sie welches braucht.«

»Vielleicht ist sie gar nicht allein unterwegs und braucht deshalb keins.«

»Auch wieder wahr.«

Erneut wunderte sie sich über Futawataris Gelassenheit. Vielleicht war er ja für sich zu dem Schluss gelangt, dass Mizuho sich allein aufgemacht hatte. Das wäre nur normal. Schließlich wusste er weder von dem Parfüm in ihrem Zimmer noch von dem Reporter, der es ihr gegeben hatte. Tomoko bekam Angst, ihn durch die Nichtinformation auf eine falsche Fährte gelockt zu haben. Besser, sie weihte ihn doch ein. Zumal jetzt, wo sie die Zigaretten im Auto entdeckt hatte. Da sie von keinem anderen Mann in Mizuhos Leben wusste, war es vermutlich Zeit, den Reporter zu erwähnen.

»Herr Inspektor …«

Sie berichtete Futawatari alles, was sie über das Parfüm und über den Mann in Erfahrung gebracht hatte. Eine Spur befremdet wirkte Futawatari zwar, aber sein Ton klang so entspannt wie zuvor, als er sagte: »Dann sollten wir der Sache wohl nachgehen.«

7

Tomoko zog sich in der Garderobe um und ging zurück in die Verwaltungsabteilung, wo sie Pressedirektor Genichi Funaki in einer hitzigen Diskussion mit Futawatari vorfand.

»Und wenn es doch nicht der Reporter ist? Hören Sie, wir können gar nicht vorsichtig genug sein. Wenn die Presse Wind davon bekommt, dass Kommissarin Hirano vermisst wird …«

Tomoko stieg der für Funaki so typische Körpergeruch in die Nase, während sie Fetzen ihres Gesprächs aufschnappte. Er und Futawatari waren Jahrgangsgenossen. Karrieristen alle beide, waren sie zur gleichen Zeit zum Polizeirat befördert worden. Aber Futawataris Aufstieg zum Polizeioberrat war zwei Jahre früher erfolgt als Funakis. Ihr Verhältnis, hatte Tomoko gehört, war danach nicht mehr dasselbe gewesen. Das machte es schwer zu beurteilen, inwieweit Funakis ablehnende Haltung von seiner Sorge herrührte, die Presse auf den Plan zu rufen, und inwieweit von seinem persönlichen Groll gegen Futawatari.

Tomoko biss von einem Gebäckteilchen ab, während sie mit der freien Hand einen Ordner mit der Aufschrift »Frauennetzwerk Präfektur D« herauszog. Darin waren die Telefonnummern aller achtundvierzig Polizeibeamtinnen aufgelistet, die in den Revieren sowie den siebzehn Bezirksdirektionen der Präfektur stationiert waren. Sie hatte entschieden, dass sie sich mehr Informationen über Mizuho verschaffen musste. Bisher hatte sie damit gezögert, um nicht Gerüchten Vorschub zu leisten, aber es war schon halb fünf. Sie konnte nicht einfach Däumchen drehen und abwarten, ob Mizuho zurückkam.

Sie wählte die erste Nummer auf der Liste.

Polizeiobermeisterin Saito, Kriminalabteilung Direktion W.

Saito hatte bei Tomoko in der Verwaltung gearbeitet, bevor sie im letzten Jahr wegversetzt worden war.

»Könnten Sie ein paar Telefonate für mich übernehmen?«

Tomoko unterrichtete Saito rasch über das Geschehen und bat sie, in dem Kōban bei Bahnstation M anzurufen, falls sie Neuigkeiten für sie hätte, egal welcher Art. Dann legte sie auf und drehte sich um.

Futawatari und Funaki kabbelten sich immer noch.

»Sie müssen doch wissen, welche Marken Ihre Reporter rauchen. Sie sind schließlich der Pressedirektor.«

»Allerdings bin ich das. Und deshalb sage ich Ihnen: Sie spielen mit dem Feuer.«

Tomoko wartete eine kurze Gefechtspause ab und teilte Futawatari dann mit, dass sie zurück zur Bahnstation fuhr. Sie verließ das Büro und eilte den Korridor entlang, die Treppe hinunter und zum Haupteingang hinaus. Draußen wurde es schon dämmrig, wie als Abbild der trüben Beleuchtung im Gebäudeinneren.

Tomoko fuhr schnell und erreichte die Bahnstation, als die Spurensicherung gerade einpackte.

»Na, kommen Sie zum Wacheschieben?«

»Genau.«

»Dann viel Glück, Spürnase.«

Sie setzte sich auf eine Bank ein Stück von der Kurzparkzone entfernt. Es war halb sechs vorbei. Alle fünfzehn bis zwanzig Minuten ergoss sich ein Schwall von Menschen aus dem Bahnhof; die abendliche Stoßzeit hatte begonnen. Die meisten trugen dunkle Anzüge, ein cremefarbenes Kleid würde herausstechen.

Wo in aller Welt steckst du?

Um sieben war es dunkel. Fast alle Autos waren inzwischen verschwunden, nur das von Mizuho stand noch da. Als sie sich sicher sein konnte, dass sie den Takt der Züge verinnerlicht hatte, stand Tomoko auf. Sie ging zu der Telefonzelle vor dem Laden und rief zu Hause an.

»Hallo?« Jetzt, wo er den Stimmbruch hinter sich hatte, konnte ihr Sohn genauso desinteressiert klingen wie sein Vater.

»Yacho. Hast du zu Abend gegessen?«

»Du sollst mich doch nicht Yacho nennen«, beschwerte er sich.

»Entschuldige. *Ya-chi-o.* Hör zu, bei mir wird es richtig spät.«

»…«

»Bist du noch dran?«

»Ja.«

»Schau, dass du noch ein bisschen lernst, ja?«

Am anderen Ende wurde eingehängt.

Ihre Uhr zeigte acht an, dann neun, und immer noch keine Spur von Mizuho. Die Zeit schien dahinzukriechen, während sie dasaß und wartete. Genauso ging es vermutlich ihrem Sohn, dachte sie. Die einzige Konstante, die es in seiner Jugend gab, war das Warten.

Tomoko hatte gerade wieder nach der Uhrzeit geschaut, halb zehn, als aus dem Kōban ein uniformierter Polizist auf sie zugetrabt kam. Eine ihrer Beamtinnen sei am Apparat, eine Mitsuko Adachi aus dem Kommissariat Jugendkriminalität im Präsidium. Sie rief an, weil sie über das Netzwerk von Mizuhos Verschwinden gehört hatte.

»Hier Nanao. Haben Sie Neuigkeiten für mich, Polizeimeisterin Adachi?«

»Ja, ich habe heute Morgen Mizuhos Auto gesehen.«

»Ihr Auto? Wo?«

Die Nachricht schockierte sie richtiggehend. Mitsuko hatte Mizuhos Auto kurz vor acht vor dem Präsidium stehen sehen. *Ich bin mir so gut wie sicher, dass sie es war. Sie parkt immer an derselben Stelle, und die Kühlerhaube hat diese auffällige Form.* Ihr Ton ließ wenig Raum für Zweifel. Auch nachdem sie das Gespräch beendet hatte, schüttelte Tomoko immer noch den Kopf.

Mizuho war zur Arbeit gefahren. Sie war bis zum Parkplatz gekommen, dann aber, statt hineinzugehen, wieder weggefahren.

Es ergab keinen Sinn.

Tomoko ließ sich schwer gegen die Lehne des Metallstuhls sinken. Eins stand damit immerhin fest: Mizuho hatte ihren Entschluss zu verschwinden erst heute Morgen gefasst. Ihre Verstimmung vom Vorabend hin oder her, war sie doch den ganzen Weg zum Präsidium gefahren. Sie hatte vorgehabt, wie üblich ihren Dienst anzutreten. Auf dem Parkplatz dann war etwas geschehen, das sie davon abgebracht hatte. Aber was? Hatte sie im Auto einen Anruf von Mild Seven bekommen? Das schien nicht sehr wahrscheinlich. Soweit Tomoko wusste, besaß Mizuho kein Mobiltelefon. Das hieß … was? Eine jähe Furcht ergriff sie, so als blickte sie hinab in einen alten, dunklen Brunnenschacht.

»Ja, bitte? … Frau Gruppenleiterin!«

»…«

»Gruppenleiterin Nanao …?«

Tomoko riss sich aus ihren Grübeleien und sah den Uniformierten das Telefon hochhalten.

»Uns wird gerade gemeldet, dass Kommissarin Hirano bei ihrer Familie ist.«

8

Sorge, Gekränktheit, dazu Erleichterung – Tomoko wusste kaum, was sie als Erstes empfinden sollte. Sie stieg hart
aufs Gas und ließ den Fuß dort. Es brachte nichts, sich zu
beeilen, aber sie wusste sich nicht anders zu helfen.

Was zum Teufel sollte das alles?

Mizuhos Elternhaus lag tief in den Bergen. Tomoko
kannte es von ihrem ersten Besuch bei den Eltern und von
den Malen, wenn Verwaltungsaufgaben sie dort hinge-
führt hatten, aber nun fuhr sie die Strecke erstmals in der
Dunkelheit. Die Besiedelung bestand vorwiegend aus kleinen Weilern, alle gleich aussehend, und es gab weder La-
ternen noch Straßenschilder, die den Namen verdient gehabt hätten. Die Datumsanzeige an ihrem Armaturenbrett
sprang gerade um, als Tomoko nach einigen Irrwegen endlich ihr Ziel erreichte.

Das strohgedeckte Hauptgebäude mit dem hohen
Schornstein war in der Vergangenheit vermutlich für die
Seidenraupenzucht genutzt worden. In dem Gebäude daneben, einem zweigeschossigen Wohnhaus, brannte Licht.
Auf Tomokos Ruf von der Tür her erschien Mizuhos Mutter, den Kopf bußfertig gesenkt. Sie wiederholte mehrmals, wie leid ihr alles tue, bevor sie sich umdrehte, um mit
kaum verhohlenem Zorn in der Stimme nach ihrer Tochter zu rufen.

»Mizuho, kommst du bitte her?«

Ein cremefarbenes Kleid tauchte am Ende des Ganges auf. Auf den ersten Blick schien gar kein Mensch darin zu stecken. Mizuho schlurfte näher. Ihre Augen und die Nase waren rot. Es sah aus, als weinte sie schon eine ganze Weile.

Mizuho …

Tomoko stieß einen erlösten Seufzer aus. Sie schob das Kinn vor und atmete tief ein, ehe sie wieder aufblickte. »Was machen Sie nur für Sachen!« Der Zorn war verraucht. Es blieb nur grenzenlose Erleichterung.

»Gruppenleiterin Nanao …« Mizuhos Stimme klang gepresst – die nasale, erstickte Sprechweise eines Menschen, der gegen die Tränen ankämpft.

Tomoko fühlte sich selbst dem Weinen nahe. Sie nahm Mizuho in den Arm und zog sie eng an sich. »Dummes Mädchen. Wir haben uns solche Sorgen gemacht.«

»Es tut mir so leid.«

»Wo um alles in der Welt waren Sie denn?«

Statt zu antworten, vergrub Mizuho ihr Gesicht an Tomokos Schulter. Sie roch nach Schweiß. Das wunderte Tomoko nicht. Weinen war Schwerstarbeit.

Als sie ins Zimmer trat, saß dort Mizuhos Vater Seite an Seite mit Morishima, beide mit bitterernsten Mienen. Sie hatte draußen Morishimas Auto gesehen und darum schon mit seinem Anblick gerechnet.

Mizuho kauerte sich neben ihre Mutter.

»Wir kriegen nichts aus ihr heraus.« Der Blick, den die Frau ihrer Tochter zuwarf, war in höchstem Maße aufgebracht. Aber dabei hielt sie Mizuhos Hand fest in ihrer und massierte ihr zwischendurch immer wieder die Finger.

Mizuhos Kopf blieb gesenkt. Ihr Ausdruck war steinern, ohne jede Gefühlsregung.

»*Mizuho!*« Ihr Vater, die glimmende Zigarette in der herabhängenden Hand, schrie seine Tochter an.

»Vielleicht setzen wir uns besser ein andermal zusammen«, schlug Morishima vor, ehe Tomoko etwas sagen konnte. »Es ist spät, und Mizuho braucht Ruhe. Wir sollten uns wahrscheinlich auch auf den Weg machen, oder, Gruppenleiterin Nanao?«

Tomoko nickte. Sie fragte sich verzweifelt, was wohl in Mizuhos Kopf vorgehen mochte, doch auch ihr war klar, dass es in diesem Stadium wahrscheinlich zwecklos war, weiter in sie zu dringen. Für den Augenblick musste sie sich damit zufriedengeben, dass Mizuho wohlbehalten wieder zu Hause war.

»Rufen Sie mich an, wenn Sie wieder auf dem Damm sind.«

»…«

»Sie haben schließlich noch Ihr Anmitsu gut.«

»Na, na«, brummelte Morishima und forderte Tomoko mit einem Blick zum Gehen auf.

Sie erhoben sich, und auch Mizuho stand auf und faltete ihren Körper zu einer tiefen Verbeugung. An der Wand hinter ihr sah Tomoko ein gerahmtes Foto, auf dem sie mit strahlendem Lächeln vor einem Polizeirevier stand, die Hand zum Salut erhoben.

Mizuho kam mit vor zur Tür, immer im Schatten ihrer Eltern. Einen Moment lang glaubte Tomoko auf dem Gesicht des Mädchens einen flehenden Ausdruck auszumachen.

Draußen empfing sie ein sternenfunkelnder Himmel. Auf dem Weg zu ihren Autos senkte Tomoko die Stimme zu einem Flüstern. »Ist sie allein zurückgekommen?«

»Ja.«

»Mit dem Zug?«

»Mit dem Zug. Von der Station M aus. Und vom nächstgelegenen Bahnhof hat sie dann daheim angerufen.«

»Trotzdem seltsam. Warum hat sie nicht einfach das Auto genommen?«

»Wer weiß?«, sagte Morishima in gleichgültigem Ton und schachtelte sich in seinen Wagen.

Das Ganze war und blieb ein Rätsel.

Vielleicht litt Mizuho ja doch an gebrochenem Herzen. Tomoko hatte sie noch nie so niedergeschlagen erlebt. Während sie schon einstieg, drehte sie sich noch einmal zum Haus um. Im oberen Stock waren die Lichter angegangen. Sie hätte schwören können, dass Mizuho durchs Schlafzimmerfenster heraussah.

Erst einmal schlafen.

Auf dem Rückweg verfuhr Tomoko sich nicht und schaffte es in nur vierzig Minuten nach Hause. Es war zwei Uhr früh. In der Diele, dem Vorderzimmer und im Bad brannte Licht. Und der Fernseher lief.

Alles wie immer.

Sie schlich zu dem hinteren Zimmer und spähte durch den Türspalt. Yachio, komplett angezogen, lag schlafend auf dem Bett. Er sah so unschuldig aus wie damals als Kleinkind, als er seinen Namen noch nicht hatte aussprechen können und ihr stolz verkündete, dass »Yacho« dies tat und »Yacho« das tat. Seine Hefte waren über den Boden verstreut. Auf dem Schreibtisch Fernseher, Stereoanlage, Computer und dazu genügend Spiele und CDs, um damit einen Handel aufzumachen. Es war seine Art, sich die Zeit zu vertreiben. Das Warten zu verkürzen. Die Sorge zu lindern.

Irgendwann werde ich alles wiedergutmachen.

Das sagte sie sich seit fünfzehn Jahren.

Sie zog die Decke über ihn und ging zurück ins Vorderzimmer. Sie wärmte etwas von dem Curry auf und aß es mit einem Stück Brot.

Sie fing an zu weinen.

Ihr Sohn, die Beamtinnen, für die sie verantwortlich war – sie alle waren so weit weg. Wenn sie ihnen helfen wollte, stießen sie sie zurück. Entzogen sich ihr. Ließen sie allein. Auch der Ring an ihrem Finger ließ sie im Stich. Er stand ihr nicht bei. Er lieferte keine Antworten.

Auf dem Tisch lag noch immer die Morgenzeitung. *Triumph für junge Polizistin.* Von dem Foto sah Mizuho sie an, Mizuho in ihrer Uniform.

Mizuho. Sprich mit mir.

Das Parfüm. Die Zigaretten. Der Reporter.

In ihrem müden Hirn jagten sich die Bilder. Das Parfüm. In Mizuhos Zimmer hatte sie es gerochen, in ihrem Wagen aber nicht. Und vorhin, als sie Mizuho umarmt hatte, hatte sie davon auch nichts bemerkt. Schweiß hatte sie gerochen, aber keinen Hinweis darauf, dass das Mädchen Parfüm getragen hatte. Vielleicht hatte sie nie welches aufgelegt. Vielleicht hatte sie es versprüht, aber nur im Zimmer.

Warum?

Oder es war gar nicht sie gewesen. Nicht Mizuho, sondern jemand ganz anderes. Aber wer? Und weshalb? Die Schläfrigkeit forderte immer stärker ihr Recht. Tomoko beschloss, sich nicht länger dagegen zu wehren.

Zeit fürs Bett.

So oder so würde sie morgen nochmals zu Mizuho fahren. Sie stand auf, räumte das schmutzige Geschirr weg und wollte gerade die Zeitung zusammenfalten, als sie mit einem Mal stutzte. Ein Satz in dem Artikel schien ihr vom Papier entgegenzuspringen. Etwas ging da nicht auf. Sie las weiter, außerstande, das Gefühl zu fassen zu bekommen. Die Zeilen verschwammen vor ihrem Blick. Sie setzte neu an, diesmal am Seitenanfang. Sie las den ganzen Text, Wort für Wort.

Mit einem Schlag war sie hellwach.

Nein …

Ihr Gehirn arbeitete wie wild. Mizuhos flehender Blick fiel ihr wieder ein. Eine Theorie nahm in ihrem Kopf Gestalt an. Die verschiedenen Informationsbruchstücke fügten sich ineinander, als wären sie von Anfang an Teil ein und desselben Puzzles gewesen. Auch das Parfüm fand seinen Platz unter ihnen. Aus der Theorie wurden Tatsachen.

Aber das …

Tomoko betrachtete erneut Mizuhos Zeichnung. Die Linien erschienen ihr jetzt dunkler als vorhin, schwärzer. Die Knie begannen ihr zu zittern; sie versuchte, sie mit der Hand daran zu hindern, aber stattdessen zitterte die Hand mit. Ein Schauder durchlief ihren Körper.

Das, was sie kaum zu denken gewagt hatte, diese Ungeheuerlichkeit, die sie jetzt folgerte – das war die Antwort auf all die offenen Fragen.

9

Es war, musste sie feststellen, ungeahnt schwierig, Gründe für ein privates Treffen mit einem Mann zu finden, der weder ihr Ehemann noch ihr Partner war, noch dazu wenn es sich bei dem fraglichen Mann um einen Polizeibeamten handelte. In Ermangelung von Alternativen hatte Tomoko zuletzt beschlossen, das Vieraugengespräch im Dezernat selbst zu führen, mitten am Tag. Ihr Gegenüber war das Bulldoggengesicht.

Sie sprach leise. »Das Phantombild war alles andere als akkurat. Zunächst.«

»...«

»Und deshalb haben Sie ihr befohlen, es neu zu zeichnen.«

»Und wenn es so wäre?«, gab Morishima zurück und ließ sich in die Couch zurücksacken.

Von Einsicht konnte bei ihm keine Rede sein; er wirkte eher empört als irgendetwas sonst. Tomoko hatte erwartet, dass er defensiv reagieren würde. Aber wäre er der Typ Mann gewesen, der sich entschuldigte, dann hätte er auch niemals einen so kaltschnäuzigen Befehl erteilt. Er schien ernsthaft der Meinung, dass es keine große Sache war.

Tomoko hatte eine Woche damit verbracht, alles zu rekonstruieren.

Den Anstoß dazu hatte der Artikel gegeben, der haarsträubende Widerspruch, den er beim zweiten Lesen enthielt.

Ein Ding der Unmöglichkeit.

Mizuho hätte niemals eine solche Ähnlichkeit hinbekommen können. Dem Opfer war die Handtasche weggerissen worden. Die Frau war siebzig und damit nicht mehr die Jüngste, und die ganze Sache musste blitzschnell gegangen sein. Niemand hätte von ihr erwarten können, sich im Detail an das Gesicht ihres Angreifers zu erinnern. Ganz egal, wie geschickt Mizuho ihre Fragen stellte oder wie gut sie zeichnete, es konnte nicht viel gegeben haben, auf dem sie aufbauen konnte.

Natürlich war das keinem aufgefallen im ersten Rummel um die Verhaftung und die »Eins-zu-eins-Entsprechung«, die die Zeichnung laut Aussage des Ladenbesitzers darstellte.

Aber warum hatte er so etwas überhaupt gesagt?

Ihm war der Gang-Anführer seit Längerem ein Dorn im Auge. Kutschierte den ganzen Tag in einem frisierten Auto herum und stank schon von Weitem nach Kleber. *Der Mann ist gefährlich.* Früher oder später würde es Ärger mit ihm geben, da war sich der Ladenbesitzer sicher. Dann war die Polizei mit dem Phantombild eines Mannes aufgetaucht, der einen Taschendiebstahl verübt haben sollte. Vielleicht war es der Haaransatz gewesen, vielleicht die Konturen des Gesichts – irgendetwas an dem Bild kam nahe genug heran. Für den Ladenbesitzer konnte es nur der Mann von der Gang sein.

Noch etwas kam hinzu, und zwar etwas, das der Ladenbesitzer selbst gesagt hatte: Der Mann hatte bei ihm immer nur Pornohefte gekauft. In solchen Fällen war es gängige Praxis, dass man als Verkäufer Blickkontakt vermied, um die Situation für den Kunden weniger beschämend zu machen.

Der Ladenbesitzer hatte das Gesicht des Mannes nie richtig gesehen, nicht aus der Nähe jedenfalls.

Und doch hatten seine Worte eine Lawine losgetreten.

Die Kriminaltechnik war noch am Vormittag davon in Kenntnis gesetzt worden, dass das Phantombild zu einer Verhaftung geführt hatte. Um die Lorbeeren für sein Dezernat einzuheimsen, hatte Morishima die Presseabteilung angerufen und eine Pressekonferenz anberaumen lassen. Als die Bezirksdirektion dann schließlich das Foto des Täters schickte, hatte er jedoch gemerkt, dass die Ähnlichkeit bestenfalls flüchtig war. Er war in Panik geraten. Die Pressekonferenz sollte am selben Abend stattfinden. Er hatte Mizuho das Foto gegeben und von ihr verlangt, das Bild neu zu zeichnen. Sie hatte sich geweigert. Ihm gesagt, dass sie sich für so etwas nicht hergeben werde, wieder und immer wieder. Er hatte die Beherrschung verloren und sie angeschrien.

Deswegen können wir in der Polizei keine Frauen brauchen.

Damit hatte er ihren Widerstand gebrochen. Mizuho hatte nie gemurrt, wenn die Spurensicherung mitten in der Nacht zu einem Tatort gerufen wurde. Sie war immer die Erste gewesen, wenn es darum ging, die schwere Ausrüstung zu schleppen. Sie hatte Gipspulver auf Fußabdrücke gestreut und tapfer den Druck in der Blase ignoriert, während ihre männlichen Kollegen sich am Straßenrand erleichterten. Kein einziges Mal hatte sie sich über etwas beklagt.

Und dennoch war sie in die Schublade »Frau« gesteckt worden. Hatte sich sagen lassen müssen, dass man sie nicht brauchte.

Sie war eingeknickt. In ihrem Kopf hatte Leere geherrscht, während der Stift über das Papier glitt, während sie mechanisch die Methoden anwandte, die man ihr beigebracht hatte. Morishima war hochzufrieden mit dem Ergebnis gewesen. Und die Reporter hatten sich begierig auf diese Gelegenheit gestürzt, Mizuho groß herauskommen zu lassen.

Nur sie selbst war todunglücklich und verachtete sich für ihr falsches Spiel. Am nächsten Morgen hatte sie es bis zum Parkplatz geschafft, aber weiter war sie nicht gekommen. Sosehr sie es auch versuchte, sie konnte keinen Fuß ins Präsidium setzen. Sie war der Uniform nicht mehr würdig. Sie hatte ihrem Berufsstand Schande gemacht.

Morishima, der Mann, der all dies zu verantworten hatte, saß nun vor Tomoko. Er rauchte eine Zigarette, wenn auch ohne Genuss, und klopfte dazu mit dem Fuß auf den Boden, gerade laut genug, dass es etwas Provokantes hatte.

»Und Sie haben auch das Parfüm in ihrem Zimmer versprüht.«

Morishima hatte ein ungutes Gefühl beschlichen, als Mizuho am nächsten Tag nicht zum Dienst erschienen war. Er hatte in der Unterkunft angerufen, und als das seine Ängste nicht beschwichtigen konnte, war er selbst hingefahren. Er fürchtete, sie könnte einen Brief hinterlassen haben, in dem stand, wozu er sie genötigt hatte. Wenn jemand etwas Derartiges in die Finger bekam, sah es schlecht für ihn aus.

Doch es war kein Brief da gewesen. Das beruhigte ihn, aber zugleich wurde ihm eine neue Gefahr bewusst. Er wusste besser als jeder andere, welch feine Nase Tomoko hatte – er war es schließlich gewesen, der ihr den Spitznamen Spürnase verpasst hatte. Und Tomoko war für die Beamtinnen in der Präfektur zuständig. Wenn sie erfuhr, dass Mizuho vermisst wurde, würde sie zum Wohnheim fahren. Und dann würde sie seine Pomade riechen.

Er war um neun dort gewesen, zu einer Zeit, zu der Mizuhos Abwesenheit noch als Säumigkeit durchgehen konnte. Und nicht nur das, er war persönlich gekommen und hatte sich, trotz des Zutrittsverbots für Männer, in ihrem Zimmer umgeschaut. Ihm war klar, dass Tomoko das verdächtig finden würde, also hatte er das Fenster geöffnet, um den Geruch wegzulüften. Und als ihm das noch nicht genug schien, hatte er das Parfümfläschchen bemerkt und großzügig damit im Zimmer herumgesprüht. Zuletzt hatte er Toshie schwören lassen, nichts von seinem Besuch zu verraten – Mizuho wäre es sicher höchst unangenehm, meinte er, zu wissen, dass er ihr Zimmer betreten hatte.

Er war ins Präsidium zurückgekehrt, hatte eine entsprechende Zeit abgewartet und dann Tomoko verständigt.

»Können Sie irgendetwas zu Ihrer Rechtfertigung sagen?«

»Ist das ein Witz, oder was? Seien Sie nicht so naiv.«

»...«

»Wir können unseren Beamtinnen nicht erlauben, bei

jedem kleinen Rückschlag so ein Drama aufzuführen. Ganz ehrlich, diese ganze Sache ist …«

Ein Klatschen ertönte. Morishima riss entgeistert die Augen auf. Tomokos Hand lag schon wieder brav auf ihrem Knie.

»Wenn Sie mich entschuldigen, Herr Kommissariatsleiter.«

Sie stand auf. Sie hatte die Risiken bereits abgewogen. Morishima würde sich hüten, auch nur einer Menschenseele zu verraten, dass eine Frau ihn geohrfeigt hatte. Sie verließ die Forensik. Einmal drehte sie sich noch um, aber der Mann hatte sich nicht von seinem Platz hinter der Trennwand weggerührt.

Die Unterredung hatte ihre Stimmung nicht eben aufgehellt. Es war ja nicht nur Morishima. Was war mit Yuasa und den anderen Kollegen aus Mizuhos Team? Sie alle mussten gewusst haben, dass sie das Bild neu gezeichnet hatte. Und die Beamten, die den Täter festgenommen hatten, ebenfalls. Keiner hatte den Mund aufgemacht. In all der Zeit, bis Mizuho bei ihren Eltern wiederaufgetaucht war, hatte keiner ein Sterbenswörtchen gesagt.

Es war zum Aus-der-Haut-Fahren.

Die Wände des Korridors schienen ihr enger auf den Leib zu rücken. Tomoko ging schneller, ihre Schuhe klackten laut über den Boden. Sie zog den Ring aus und ballte die Faust darum. Es gab nur einen Weg, das erkannte sie so deutlich wie nie zuvor: Sie musste es zur Polizeioberrätin bringen.

10

Sie war inzwischen so oft da gewesen, dass die Hunde und frei laufenden Hühner auf dem Hof sie offenbar nicht mehr als Eindringling sahen.

»Sie können eine Auszeit nehmen. Ihr Urlaub ist jetzt bewilligt«, sagte Tomoko, während sie einer der Kühe das Maul streichelte.

»Ich weiß gar nicht, ob ich das möchte. Ich meine …« Mizuho schlug die Augen nieder. Sie trug einen Overall aus Jeansstoff und riesige Gummistiefel. Die Kluft stand ihr.

»Sie müssen es nicht jetzt entscheiden. Lassen Sie sich Zeit. Denken Sie drüber nach.«

»Danke.«

An dem Tag, an dem sie den Dienst geschwänzt hatte, war Mizuho durch die Gegend gelaufen. Sie war in ein Café gegangen, in eine Buchhandlung, noch ein Café. Aber sie war eine junge Frau mit einem stark ausgeprägten Pflichtgefühl, und sie hielt den Schlendrian nicht lange durch. Was sie als Nächstes getan hatte, wies sie ohne den Schatten eines Zweifels als geborene Polizistin aus.

Ihr hatte die Frage keine Ruhe gelassen, warum jemand ihr Phantombild als Eins-zu-eins-Entsprechung bezeichnete, wenn das nachweislich nicht stimmte. In dem Trubel rund um die Festnahme hatte sie nicht daran gedacht, nachzufragen, wer der Zeuge war. Und die Zeitungen hatten ihn lediglich als Ladenbesitzer beschrieben und seinen Namen verschwiegen, falls die Gang auf Rache aus war.

Mizuho hatte sich nicht getraut, jemanden in der Polizei zu kontaktieren, dazu hatte sie ein zu schlechtes Gewissen. Ihr fiel der Reporter ein, der ihr das Parfüm gegeben hatte. Sie hatte ihn in seiner Redaktion angerufen und ihn nach dem Namen des Ladens gefragt. Er hatte sich mit ihr getroffen. Die Mild Sevens in ihrem Auto stammten von ihm. Dieserart mit Informationen versehen, war sie zur Bahnstation M gefahren, wo sie ihr Auto stehen ließ und in den Laden ging. Sie war mitten im Gespräch mit dem Besitzer gewesen, als der Kleinbus der Spurensicherung vorgefahren war.

»Als Sie hereinkamen, um diese Gebäckteilchen zu kaufen, habe ich schlotternd hinter einem Regal gekauert«, sagte Mizuho, und zum ersten Mal seit dem Tag ihres Verschwindens zeigte sich der Anflug eines Lächelns auf ihrem Gesicht.

»Dummes Mädchen. Hätten Sie einen Ton gesagt, dann hätte ich Ihnen einen Saft spendiert.«

Und bald das Anmitsu, ergänzte Tomoko im Stillen, als sie zu ihrem Auto zurückging. Nun, da Mizuhos Urlaub offiziell bewilligt war, fühlte auch sie sich etwas besser. Zumal das grüne Licht von Akama persönlich gegeben worden war. Sie wagte gar nicht daran zu denken, welche Hebel Futawatari in Bewegung gesetzt haben musste, um das zu erreichen.

Futawatari für seinen Teil hatte keinen Bericht von ihr verlangt, nachdem Mizuho wiederaufgetaucht war. Er hatte den Artikel mehrmals durchgelesen. Nicht auszuschließen, dass er von Anfang an vermutet hatte, dass die Zeichnung manipuliert worden war. Dass er selbst Nachforschungen angestellt hatte. Wenn das zutraf, dann würde die nächste Versetzungsrunde zeigen, welche Schlüsse er daraus zog. Würde er Morishima für seinen Amtsmissbrauch bestrafen? Oder würde er über sein Fehlverhalten hinwegsehen, es als ein aus Sicht des Vorgesetzten notwendiges Übel einstufen?

Fürs Erste brauchte Tomoko ihre Energie für etwas anderes – den gelben Aktenordner auf dem Sitz neben ihr. Er enthielt ihren überarbeiteten Antrag auf eine Neuverteilung der Beamtinnen in der Präfektur.

Sie würde ihn einreichen, sobald sie wieder im Büro war.

Sie fuhr auf die Präfekturstraße auf, so schwungvoll, dass die Eier, die Mizuho ihr mitgegeben hatte, in ihrer Schachtel auf dem Rücksitz gegeneinanderklackerten.

Anmitsu: Dessert aus einer Paste der roten Adzukibohne, Früchten und Eis, übergossen mit Kuromitsu, einem Zuckersirup

Japan Railways (JR) Group: Gruppe von sieben Unternehmen, die 1987 den größten Teil des Bestands und der operativen Tätigkeit der staatlichen Japanese National Railways übernommen haben

Karōshi: ein plötzlicher berufsbezogener Tod, meist durch einen stressbedingten Herzinfarkt oder Schlaganfall

Kōban: rund um die Uhr besetzte Polizeihäuschen in urbanen Gegenden

Noren: traditioneller Vorhang, der in Räume, Türrahmen oder Fenster gehängt wird

Shintō (»Weg der Götter«): ethnische Religion

Shitetsu: private Eisenbahnlinie

Tatami-Raum: traditioneller Raum, der sich u. a. durch Tatami, Matten aus Reisstroh, als Bodenbelag und oft durch Fusuma, Schiebetüren, auszeichnet

Yakitori: gegrillte Fisch-, Fleisch- oder Gemüsespießchen

1

Der kleine Stiel eines Teeblatts schwamm aufrecht in der Tasse.

Das bedeutete natürlich nicht automatisch Glück, war aber nicht unwillkommen. Die Wanduhr neben dem Hausaltar zeigte 5.40 Uhr. Bald. Bei Tagesanbruch würde jemand vom Dezernat I zur Ermittlung von Gewaltverbrechen, einen Haftbefehl in der Brusttasche versteckt, ins »Apartment Komori«, Wohnung Nr. 508, eindringen. Pädophiler Serientäter, Vergewaltigung von acht Mädchen, alle im Grundschulalter. Seit der Aufnahme der ersten Anzeige waren zwei Monate vergangen, und insgesamt dreitausend Ermittler hatten ein riesiges systematisches Fahndungsnetz geknüpft, um nur diesen einen Fisch zu fangen.

Gebt euer Bestes!

Kazumasa Shiki trank seine Tasse leer, das Teeblatt gleich mit. Abteilungsleiter des Dezernats I für Gewaltverbrechen der Zentralstation der Präfektur W. 48 Jahre. Im Frühjahr zum Hauptkommissar befördert, war er auf einem Spitzenposten der Kriminalpolizei gelandet – sonst würde er jetzt wohl gemeinsam mit den Leuten vom Dezernat I im Auto nahe dem Apartment seinen Atem anhalten. Allein und in absoluter Stille am Schreibtisch des Kripo-Dezernats I wartete er auf den Bericht der Truppe; eine nervtötendere Rolle als diese konnte es nicht geben.

Zehn vor sechs … Shikis Blick fiel auf das Telefon mit der

Standleitung. Er hatte den Schreibtisch so nah herangezogen, dass er den Hörer greifen konnte, ohne sich dafür nach vorn beugen zu müssen. Eine Festnahme. Bevor er nicht die Stimme von Kamata, dem Leiter der ersten Einsatzgruppe, gehört hatte, ging er nicht mal aufs Klo. Draußen war es noch dunkel. Der Fuß des Berges war in einem matten Orange gefärbt, doch für eine Razzia musste man früh raus. Furchtbar, dieses Warten. Die Erdumdrehung ging schneller voran als das hier.

Shiki zündete sich eine Zigarette an, zog daran und blies den Rauch nach oben in die Luft.

Der abgerissene Perlmuttknopf vom Poloshirt eines zehnjährigen Mädchens ... Eine winzige Menge Farbe daran ... Es hatte 62 Tage gedauert, bis diese dünne Spur schließlich zu dem Kunstdozenten einer Kurzzeit-Uni führte. Mitsugu Takano. 29 Jahre. Alleinstehend. Vor Shiki lagen Fotos. Ein ausgesprochen nichtssagendes Gesicht. Der dritte Sohn einer reichen Bauernfamilie mit vielen Zweigen. Aufgehoben im gemächlichen Leben seiner Familie musste er sich keine Sorgen um seinen Unterhalt machen und spielte sich als Künstler auf.

Das hatte heute ein Ende.

Shiki verglich die Zeit der Wanduhr mit der seiner Armbanduhr. Beide zeigten 6.07 Uhr.

Dann sind sie jetzt vielleicht drin. Als er sich das vorstellte, spannte sich sein ganzer Körper an. Sein Herz schlug schneller als damals, da er selbst noch an solchen Aktionen teilgenommen hatte. Er zündete sich eine zweite Zigarette an. Tagesanbruch. Vor dem Fenster sah man das erste Licht seine Strahlen voranschicken. 6.10 Uhr. *Jetzt sind sie wohl drin.*

Er starrte aufs Telefon. *Klingel schon!*, wollte er es drängen. Und dann:

»Herr Shiki!«

Shiki wandte seinen Blick in die Richtung, aus der die Stimme kam. Ganz hinten im weiträumigen Dezernat steckte Wachtmeister Tsuchikura sein kindliches Gesicht durch die offene Tür des Bereitschaftszimmers der Sonderuntersuchungsabteilung für Diebstahl. Neben der Wache am Eingang des Regierungsgebäudes hatte auch Tsuchikura im Dezernat übernachtet, als Kontaktperson bei nächtlichen Vorkommnissen.

»Was gibt's?«

Auf diesen lauten Zuruf erhob Tsuchikura ebenfalls seine Stimme: »Telefon!«

»Weiterleiten!«, schrie Shiki nun wirklich verärgert und schnalzte mit der Zunge. Dieser verdammte Kamata, dabei hatte er doch extra gesagt, dass er ihn über die Standleitung anrufen sollte! Er drückte die Zigarette aus und griff nach dem Hörer des internen Telefons. Es klingelte und vibrierte. Er schnappte es sich.

»Hier Shiki!«

»Entschuldigen Sie die Störung am frühen Morgen.«

Das war nicht Kamatas Stimme.

»Hier spricht Ishizaka von der Zentrale. Wir haben da ein kleines Problem ...«

Es war der Wachdienstleiter der zentralen Polizeiverwaltung der Präfektur W. Er klang äußerst angespannt.

»Was ist passiert?«, fragte Shiki, die Augen immer noch auf die Standleitung vor sich gerichtet.

»Gerade ist Polizeihauptmeister Kaji von der Ausbildungsabteilung des Präsidiums hergekommen und hat sich selbst angezeigt.«

Wie bitte?

»Was sagen Sie da?«

»Mord. Er sagt, er hat seine Frau umgebracht.«

Shiki bekam eine Gänsehaut, angefangen vom Ohr, das den Hörer berührte, bis hin zum Nacken.

Sofort tauchte das Gesicht von Sōichirō Kaji vor seinem inneren Auge auf. Lehrer. Kalligraf. Freundlich. Ernst. Wie Pfeile durchdrangen die bruchstückhaften Erinnerungen und Eindrücke seinen Kopf. Vor Jahren war Kajis einziger Sohn an einer Krankheit gestorben. Kaji war ein Jahr vor Shiki in den Dienst getreten. Zwar hatten sie nie direkt miteinander zu tun gehabt, doch sie hatten im selben Hauptquartier gearbeitet. Wenn sie sich im Flur oder auf den Treppen trafen, grüßten sie sich stumm.

Dieser Mann hatte seine Frau getötet?

Es dauerte einige Sekunden, bis Shiki wieder sprechen konnte.

»Es ist ganz sicher er?«

»Ganz sicher. Ich kenne ihn gut.«

»Was sagt er?«

»Dass seine Frau an einer Krankheit litt und er sie erwürgt hat.«

An einer Krankheit …? Davon, dass Kajis Frau krank war, hatte er noch nie gehört. Nein, Shiki, der immer Polizeiinspektor hatte werden wollen, und Kaji, der langjährige Lehrer an der Polizeischule, waren zwar Mitglieder derselben Präfekturpolizei, lebten aber in verschiedenen Welten. Wenn Shiki keine persönlichen Gerüchte zu Ohren gekommen waren, war das nicht weiter verwunderlich.

»Und der Chef Ihrer Kriminalabteilung?«

»Ist informiert. Er befindet sich gerade auf dem Weg hierher. Ähm … was sollen wir bis dahin tun?«

Seine Stimme troff vor Unbehagen.

»Begleiten Sie ihn ins Zimmer für freiwillige Verhöre im Kriminaldezernat. Nehmen Sie auf jeden Fall zwei Leute mit. Lassen Sie ihn nicht aus den Augen.«

Fliehen wird er wohl nicht, aber nicht auszuschließen, dass er sich aus dem Fenster stürzt, dachte Shiki. Erst verliert er seinen Sohn an eine Krankheit, und jetzt hat er seine kranke Frau mit eigenen Händen stranguliert. Er muss unglaublich verzweifelt sein, dass er sich jetzt selbst angezeigt hat.

»Also ohne Verhaftung, richtig?«

»Wenn der Chef der Kriminalabteilung angekommen ist, wird erst einmal der Leichnam obduziert, und dann nehmen wir ihn in Gewahrsam. Sobald das erledigt ist, möge man mich kontaktieren.«

»Verstanden. Vielen Dank.«

Schichtleiter Ishizaka klang erleichtert und legte auf. Er war Chef der Verkehrsabteilung und hatte mit Skandalen wenig am Hut. Wahrscheinlich war er deswegen so verwirrt gewesen. Nein, ein Polizist hatte seine Frau umgebracht. Das würde jeden aus dem Konzept bringen.

Und dann noch ein Polizeihauptmeister, der sich selbst anzeigte. Leiter einer angesehenen Präfekturpolizei. Die Medien würden durchdrehen. Es würde die Polizei der Präfektur W erschüttern.

Shiki fühlte sein Herz beben.

»Tsuchikura!«

Kaum hatte er sich umgedreht und gerufen, kam schon von weit her eine Antwort, und wie ein Blitz stürmte der Mann mit dem Kindergesicht herein. Tsuchikura blieb so stramm vor Shiki stehen, dass sein Rücken sich wie ein Bogen durchdrückte.

»Sie hatten während der Ausbildung doch sicher bei Kaji Unterricht?«

»Jawohl!«

»Wie war Kaji als Lehrer?«

»Freundlich!«

»Freundlich? Gibt es solche Lehrer überhaupt?«

»Der Assistent, Polizeiobermeister Satō, war streng. Herr Kaji ist dagegen ein wirklich warmherziger Mensch; wir waren alle begeistert von ihm.«

»Woran machen Sie das denn fest?«

»Ah! Also, zum Beispiel … hat er uns geraten, wenn wir ausgesendet werden, um bei einem Zugunglück mit vielen Toten und Verletzten zu helfen, die Körper der Verstorbenen so zu behandeln, als wären es unsere eigenen Eltern oder Geschwister.«

»Verstehe. Sie können abtreten.«

Das entsprach ganz seinem eigenen Eindruck. Ein sanftmütiger Menschenfreund mit Sinn für gute Manieren. Warum sollte der seine Frau töten, selbst wenn sie krank war? Vielleicht gerade wegen seines Charakters? Einerseits häuften sich Shikis Zweifel, doch andererseits legte sich die Aufregung in seiner Brust merklich.

Es lohnte nicht, darüber zu grübeln. Vom Standpunkt eines Abteilungsleiters, der drei Gewaltverbrechen-Einheiten anführte, handelte es sich hier schlicht um den Mord an einer Ehefrau mitsamt einer Selbstanzeige von Sōichirō Kaji. Der hatte die Tat nicht nur gestanden, er war sogar bereits in Polizeigewahrsam. Aber ein Serienvergewaltiger, der bei helllichtem Tag die Türen von Wohnhäusern aufbrach, den Mädchen, die allein zu Hause waren, Spielzeughandschellen anlegte und sie mehrfach missbrauchte, lief noch frei herum. Nicht nur war der Anruf von Kamata bisher ausgeblieben, man musste sogar in Erwägung ziehen, dass der Täter Mitsugu Takano noch auf freiem Fuß war.

Shiki blickte zur Wanduhr.

6.28 Uhr. Zu spät. Der Himmel war doch längst strahlend blau.

Während Shiki die Standleitung mit bösen Blicken bedachte, rief ihn auf dem Apparat daneben Ermittler Okonogi, Abteilungsleiter im Dezernat I, aus dessen Dienstwohnung an.

Als Shiki von Kajis Selbstanzeige sprach, kam er ins Straucheln. Einen Augenblick brachte er kein Wort hervor.

»Verstehe. Ich werde es dem Polizeimeister selbst sagen. Ist die Sache mit dem Kunstlehrer erledigt?«

»Noch nicht, aber ich hoffe, es dauert nicht mehr lang.«

Mit diesem Wunsch legte er den Hörer auf. Gleichzeitig blickte er zur Uhr. 6.35 Uhr. Unwillkürlich ließ er die Faust auf den Tisch fallen.

Was war da los?

Irgendwas läuft schief. Dieser Gedanke durchfuhr seinen Körper wie Gift. War er entkommen? Undenkbar. Takanos Wohnungstür und alle Fenster wurden ununterbrochen durch Ferngläser beobachtet. Sollte er auf Kamatas Handy anrufen? Nein, er hatte es garantiert für die Zeit von Sonnenaufgang bis zur Razzia ausgeschaltet. Shiki schnalzte mit der Zunge. Seine Beine zitterten. Er streckte seine Hand nach der dritten Zigarette aus.

Ein Klingeln durchbrach die Totenstille. Die Standleitung ...

Shiki atmete tief aus und nahm den Hörer auf.

»Er ist uns zuvorgekommen!«

Kamatas Stimme vibrierte an Shikis Trommelfell. Sofort verschwand der Glückssteestiel aus seinen Gedanken.

»Er hat Pestizide getrunken. Wir hatten zigmal gerufen, und als keine Antwort kam, sind wir eingedrungen. Da hat er sich schon auf dem Küchenboden gekrümmt.«

Hat er geahnt, dass er überwacht wird?

»Heißt das, er wusste, dass Sie kommen?!«

»Das weiß ich nicht.«

»Welches Pestizid?«

»Grand Kison!«

Ein hochgiftiges Schädlingsbekämpfungsmittel. Shiki wusste, dass er bleich geworden war.

»Unverdünnt?«

»Scheint so! Es lag eine alte Flasche herum. Wie viel er getrunken hat, weiß ich aber nicht.«

»Geben Sie ihm Salzwasser, damit er sich übergibt! Kippen Sie so viel in ihn rein, wie reingeht!«

»Wird gemacht!«

»Wenn er sich übergeben hat, sofort ins Kumano-Krankenhaus. Verstanden?«

Das war der beste Ort zum Magenauspumpen. Außerdem hatten die alles für die Dialyse. Und vor allem war es in der Nähe.

Aber dass es gerade Grand Kison war ... Hauptbestandteil war Paraquat; wenn das in den Körper eindrang, schalteten sich die Organe über den Blutkreislauf eins nach dem anderen ab. Selbst wenn man den Magen auspumpte oder er sich einer Dialyse unterzog, wäre er nicht zu retten, wenn sein Körper bereits zu viel aufgenommen hatte. Die Frage war also, zu welchem Zeitpunkt er wie viel getrunken hat.

Scheiße!

Shiki trat gegen den Papierkorb.

Takanos Straftaten rechtfertigten natürlich seinen Tod. Wären die Eltern der Mädchen jetzt in Apartment 508 zugegen, würden sie sich wünschen, dass dieser Kerl einen qualvollen Tod starb. Auch Shiki hatte eine Tochter. Seine Gefühle waren also ganz ähnlich. Aber selbst wenn das so war, durfte Takano nicht auf diese Weise sterben. In letzter Zeit gab es viele solche Typen, die das machten. Erst begingen diese Bestien Straftaten, und dann, wenn sich abzeichnete, dass sie für ihre Taten würden einstehen müssen, brüllten sie hysterisch herum, dass sie nicht mehr leben wollten, und die Selbstherrlichkeit gipfelte dann darin, dass sie sich in die Sicherheitszone Tod flüchteten. Unverzeihlich. Die durfte man nicht sterben lassen. Man musste sie am Leben halten und der ganzen Welt ihre Schande aufzeigen!

»Herr Abteilungsleiter! Der Krankenwagen ist da. Wir fahren jetzt!«

»Gut. Ich komme zum Krankenhaus!«

Kaum aufgelegt, klingelte es noch einmal.

»Was ist?!«

»Hier Kagami.«

Für eine Sekunde blieben Shikis Gedanken stehen. Das war der oberste Chef. Yasuhiro Kagami, Leiter der Zentralstation der Präfektur W.

»Kommen Sie sofort in mein Büro. Ich will, dass Sie das Verhör von Polizeihauptmeister Kaji übernehmen.«

2

Im zweiten Stock saßen die Verantwortlichen aller Abteilungen. Shiki, dessen Büro im fünften Stock lag, war noch nicht oft in diese Korridore gekommen. Ganz zu schweigen vom Büro des Präsidiumschefs; hierher hatte es ihn erst ein Mal verschlagen, als er befördert wurde.

Aber er empfand keine Nervosität. Je weiter er lief, desto wütender wurde er. Warum wollte man ihn für diese Aufgabe einspannen? Auch wenn es sich für die Präfekturpolizei um einen gravierenden Fall handelte – Sōichirō Kaji stand schließlich unter strengster Beobachtung in der Zentralstation. Er würde da weder fliehen noch sterben.

»Guten Tag.«

Als Shiki eintrat, sah er auf einem luxuriösen Ledersofa drei Personen sitzen, denen die Müdigkeit ins Gesicht geschrieben stand. Es waren die Männer an der Spitze des Polizeipräsidiums der Präfektur W: Kagami, Leiter der Zentralstation. Iyo, Leiter der Polizeiverwaltung. Iwamura, Leiter des Kriminaldezernats. Kagami und Iyo galten als Karrierebeamte, von der Nationalen Polizeibehörde temporär hierher versetzt, und wahrscheinlich waren sie deswegen weniger entspannt als Iwamura, der aus der Präfektur stammte.

Doch jetzt sahen sie alle ernst aus, Iwamura eingeschlossen. Kagami, der gerade erst 40 geworden war, wirkte sogar etwas traurig.

»Sind Sie mit Polizeihauptmeister Kaji befreundet?«

Verwaltungsleiter Iyo hatte das Wort als Erster ergriffen.

»Nein. Ich kenne ihn vom Sehen, aber wir haben keine persönliche Beziehung.«

»Das ist gut.«

Iyo mit seinem fleischigen Doppelkinn nickte und schob eine dicke Mappe über den Tisch, direkt vor Shiki. Darin befanden sich Einträge aus Kajis Personalakte. Das erste Blatt war sein Lebenslauf. 49 Jahre alt. Seit 31 Jahren im Dienst. Nach Stationierungen in diversen Kōban, den Polizeihäuschen, und mehreren Revierverwaltungen hatte er seit neun Jahren als Ausbilder an der Polizeischule gearbeitet. Im letzten Frühjahr zum Vize der Ausbildungsabteilung aufgestiegen. Keine besonderen Vorkommnisse. Eltern bereits verstorben. Besitzer eines Eigenheims. Lebte mit seiner Frau Keiko allein.

»Uns bleibt keine Zeit. Wenn Sie das überflogen haben, gehen Sie zur Zentralstation und beginnen mit der Ermittlung.«

Moment mal. Wollte Shiki zumindest sagen. Er unterstand schließlich nicht der Polizeiverwaltung.

Shiki blickte auf Kriminaldezernatsleiter Iwamura hinunter. Der hatte die Augen geschlossen.

»Wissen Sie, dass ich gerade …«, begann Shiki, die Augen wieder auf Iyo richtend, als er von ihm unwirsch unterbrochen wurde.

»Ja, ich weiß. Den Fall wird irgendwer anders übernehmen. Kaji hat jetzt erst mal höchste Priorität. Und Sie sind ja wohl derjenige mit den besten Vernehmungsfähigkeiten, nicht wahr?«

Shiki blickte erneut auf Iwamura. Immer noch geschlossene Augen.

Natürlich hatte er lange als Vernehmungsbeamter gearbeitet und während seiner Zeit als Polizeiobermeister auch den Beinamen »Geständnis-Shiki« erhalten. Aber gerade deswegen war er jetzt ratlos – Kaji hatte den Mord an seiner Frau selbst angezeigt. Das Motiv war eindeutig. Kurz, Kaji war von Anfang an komplett geständig. Es schien nicht nötig, ihn streng zu vernehmen und dafür extra Shiki zu holen, der schließlich schon in einen anderen Fall involviert war.

»In der Zentralstation gibt es auch Vernehmungsbeamte.«

Als Shiki das gesagt hatte, riss Iyo seine Augen auf.

»Das können wir nicht jemandem von der Polizeidienststelle überlassen! Begreifen Sie überhaupt, was für ein Skandal das ist! Ein Polizeibeamter hat einen Mord begangen!«

»Das verstehe ich schon. Aber mein aktueller Fall ist ebenfalls …«

»Ich hab Ihnen doch gesagt, ich weiß, worum es geht. Was ist da das Problem? Irgend so ein Kunstlehrer, der Pestizide getrunken hat, bevor wir in seine Wohnung eingedrungen sind, richtig?«

»Richtig, aber …«

»Na, dann gibt es doch kein Problem. Wenn er es getrunken hätte, nachdem wir eingedrungen waren, dann hätte das als unser Fehler ausgelegt werden können, aber so …«

Das war also sein Maßstab.

Die eigenen Interessen fest im Blick, dafür war er bekannt. Und trotzdem trafen seine Worte einen Nerv. Jedes Mal, wenn dieser Elite-Boss, dieser Karrierebeamte von außerhalb, der noch nie eine Leiche schultern musste, alle bis hin zum Kriminaldezernat mit dem Wörtchen »wir« bedachte, pochte eine Ader auf Shikis Stirn.

Er starrte Iwamura unverhohlen an. Warum ließ der diesen Möchtegern-Kriminologen einfach so daherreden?

Plötzlich, als hätte er einen Einfall gehabt, wandte sich Iwamuras viereckiges Gesicht Shiki zu.

»Tatsumi soll den Künstler übernehmen.«

Shiki traute seinen Ohren nicht.

Machte der einfach das, was die Verwaltung verlangte?

Er beugte sich vor.

»Aber Herr Direktor, Takano wird gerade ins Krankenhaus gebracht, und wir brauchen einen Durchsuchungsbefehl.«

Iyo schnalzte mit der Zunge, aber Shiki fuhr einfach fort. Zur Hälfte, um Iyo dazu zu zwingen, sich das anzuhören.

»Selbst wenn sich dessen Zustand verbessert, hat Grand Kison Langzeiteffekte, und wenn es bis zur Lunge vorgedrungen ist, wird Takano binnen einer Woche sterben. Für sein Verhör muss auch ein Arzt einbezogen werden, weswegen es ein besonders schwieriges Unterfangen wird.«

»Wollen Sie damit sagen, dass Tatsumi das nicht kann?«

Shiki wurde von Iwamuras Blick durchbohrt und blieb an dessen Frage hängen. Tatsumi hatte dieselbe Stellung wie er selbst inne, ein Untersuchungsbeamter mit der Befugnis, landesweit zu ermitteln. Und Shiki hegte keinerlei Abneigung gegen ihn.

»Das nicht. Ich will damit sagen, Polizeihauptmeister Kaji könnte von jedem vernommen werden. Es ist nicht schwer, einen Verdächtigen zu vernehmen, der bereits ein volles Geständnis abgelegt hat.«

»Wir wissen nicht, ob es vollständig ist.«

»Was?«

»Dass Kaji seine Frau umgebracht hat, ist drei Tage her.«

Shiki fühlte sich wie nach einem Peitschenschlag.

Dann hatte er sich nicht sofort nach dem Mord selbst angezeigt?

»Auch die Autopsie hat ergeben, dass der Tod schon einige Tage zurückliegt. Diese zwei fraglichen Tage beschäftigen mich. Deswegen haben wir uns sicherheitshalber entschieden, Sie dafür auszuwählen.«

»Aber …«

»Es geht hier auch um Rangfragen. Selbst wenn er ein Verbrechen begangen haben sollte; Kaji ist ein 49-jähriger Polizeihauptmeister. Den kann man nicht einfach von einem jungen Assistenz-Polizeiobermeister oder einem Polizeihauptmeister gleichen Ranges befragen lassen. Die lokale Staatsanwaltschaft will Sase mit der Untersuchung beauftragen, einen der drei ranghöchsten Staatsanwälte. Da können wir hier nicht irgendeinen Neuling ranlassen.«

Shiki wusste darauf nichts zu antworten. Ihm war durchaus klar, was er sagen wollte, aber da er mit Iwamura den Leiter des Kriminaldezernats gegen sich hatte, hätte weiterer Widerstand zur Folge gehabt, dass er seinen Posten als Abteilungsleiter an den Nagel hängen konnte.

»Shiki, bitte übernehmen Sie das.«

Zum ersten Mal meldete sich der Leiter der Zentralstation Kagami zu Wort.

»Und berichten Sie uns bis halb zehn von den Ergebnissen.«

Shiki blickte überrascht auf.

Bis halb zehn? Unmöglich.

»Da beginnt die Pressekonferenz«, ergänzte Iyo. Aber das würde Shiki nicht reichen. Er fragte zurück:

»Meinen Sie halb zehn abends?«

»Morgens natürlich.«

Er warf einen Blick auf seine Armbanduhr. Sie stand schon auf 7.30 Uhr. Noch zwei Stunden.

»Kaji wurde heute Morgen um sieben in Gewahrsam genommen. Wenn die Deadline für die Abendausgabe der Zeitungen überschritten ist und wir den Reportern mitzuteilen versuchen, dass wir die Verlautbarung zum Schutze der Angehörigen verschoben haben, wird das unweigerlich zu großem Aufruhr führen. Und was es noch schlimmer macht, ist, dass der Mord von einem Leiter der Präfekturpolizei verbockt wurde. Wir können nicht zulassen, dass ein einzelner Idiot unsere Organisation gleich zweimal beschämt.«

Verbockt? Ein einzelner Idiot?

Shiki dachte, dass so etwas nur jemand sagen konnte, der von außen kam. Wahrscheinlich hatte dieser Iyo Shikis vorherige Worte als Ungehorsam aufgefasst; er blickte jetzt auch nicht in seine Richtung.

Es blieb keine Zeit.

Shiki schob sich die Dokumente unter den Arm und stand auf.

Aus der Akte fiel ein Porträtfoto auf den Tisch. Freundliche Züge. Die Augen, die an ein kleines Tier erinnerten, blickten Shiki still an.

Lehrer. Ernst. Sohn verstorben. Frau schwer krank. Stranguliert. Zwei fragliche Tage. Selbstanzeige …

Als Vernehmungsbeamter stellte sich ihm die erste Frage: Warum hatte sich Sōichirō Kaji nach dem Mord an seiner Frau nicht umgebracht?

3

Shiki fuhr ins Hauptquartier, mit dem Fahndungsfahrzeug, wie es Abteilungsleitern vorbehalten war.

Da es zu lange gedauert hätte, den Fahrer dafür herbeizurufen, hatte er kurzerhand Wachtmeister Tsuchikura, der Nachtdienst gehabt hatte, das Steuer überlassen. Kaum eingestiegen, erzählte Shiki ihm auch schon vom Fall Sōichirō Kaji. Das Rot in Tsuchikuras Augen, das sich im Rückspiegel zeigte, kam vermutlich nicht allein vom durch Schichtdienst bedingten Mangel an Schlaf.

Mit dem Auto dauerte es etwa 15 Minuten bis zur Zentralstation von W. Shiki saß auf der Rückbank, hatte den Ton des Polizeifunks heruntergedreht und unterhielt sich übers Diensttelefon mit Gruppenleiter Kamata.

Mitsugu Takano war inzwischen im Krankenhaus Kumano angekommen, und sein Magen wurde ausgepumpt. Er war bei schwachem Bewusstsein. Bei der Untersuchung seines blutigen Urins ließen sich Paraquat-Bestandteile nachweisen. Keine vorteilhaften Umstände. Shiki erklärte dem Krankenhausdirektor die Situation und wies ihn an, im Behandlungszimmer stets eine verantwortliche Person zu belassen. Sicher war sicher. Nicht, dass Takano zu vollem Bewusstsein gelangte und sich womöglich noch die Zunge durchbiss; dann wäre alles verloren.

Den Selbstmord verhindern ...

Warum hatte Kaji nicht den Tod gewählt?

Das dachte Shiki erneut, als er aus dem Auto stieg. Natürlich hatte Kaji völlig andere Gründe als Takano. »Dadurch, dass ich diese einem Polizisten unwürdige Handlung begangen habe, leidet das Vertrauen in die Präfekturpolizei erheblich. Ich möchte Verantwortung übernehmen. Mein Tod ist meine Entschuldigung.« Hätte Kaji Selbstmord begangen und solch einen Brief hinterlassen, wäre der Schock geringer gewesen als bei der Nachricht, dass er sich selbst angezeigt hatte. Das gehörte sich nicht für Polizisten. Zumal Kaji als Ausbilder ein Vorbild für junge Leute sein musste.

Shiki betrat die Zentralstation. Er warf einen Blick auf seine Armbanduhr. Exakt 8 Uhr. Im dritten Stock angekommen, öffnete er die Tür zur Kriminalabteilung, woraufhin alle Anwesenden gleichzeitig von ihren Sitzen aufsprangen und ernste Gesichter machten.

Egal, in welche Bezirksdirektion man ging, als Abteilungsleiter für Gewaltverbrechen wurde man mit Respekt empfangen. In der ersten Ermittlungseinheit des Hauptquartiers gab es, neben dem Chef und seinem Vize, die drei Funktionen: Abteilungsleitung, Gerichtsmedizin und die landesweit befugten Untersuchungsbeamten. Auch wenn die Zuständigkeit jährlich wechselte, hatte das Wort dieses Abteilungsleiters, sobald etwas vorgefallen war, höchstes Gewicht. Mord. Raub. Brandstiftung. Vergewaltigung. Nur jemand, der seit langer Zeit der Einheit angehörte, die sich ausschließlich mit solchen blutigen und gefährlichen Fällen beschäftigte und immer wieder Tatorte besuchte, konnte das Recht erwerben, in diesen Posten aufzusteigen. Doch im Verhältnis zu seinen Vorgängern war Shiki insofern ein »Sonderfall«, als er, neben seinen Erfahrungen am Tatort, außerordentliche Fähigkeiten als Vernehmungsbeamter bewiesen hatte.

»Uns bleibt keine Zeit.«

Shiki griff nach der Teetasse, die ihm angeboten worden war, und ließ sich von Komine, dem Chef der Kriminalabteilung, zum alten Amtsgebäude führen. Den kurzen Verbindungskorridor bis zum Verhörzimmer kannte Shiki gut; es war sein früherer »Pendelweg«, den er schon bis zum Erbrechen hin- und hergegangen war.

»Ist Yamazaki da?«

»Ja. Zimmer acht.«

Shiki hatte als Assistenten Polizeiobermeister Yamazaki von der Polizeistation W gewählt. Der war dafür verantwortlich, die Aussagen von Verdächtigen zu protokollieren, und dafür schien ein Sinn für die sich von Moment zu Moment ändernde Stimmung im Zimmer ebenso wichtig wie ein Gefühl für die Koordination der Abläufe mit den Kollegen außerhalb. Nicht jeder konnte das bewältigen. Yamazaki und Shiki hatten zuvor bereits fünf Jahre zusammengearbeitet und waren aufeinander abgestimmt wie Zahnräder einer gut geölten Maschine. Zimmer acht zu wählen war typisch. Verdächtige, die nur schwer zu verhören waren, hatten wundersamerweise schon oft in Zimmer acht gestanden.

Aber gerade heute war kein Tag für Aberglaube.

»Wir nehmen Zimmer drei. Sagen Sie das Yamazaki.«

Mit diesen Worten, an Komine gerichtet, drückte Shiki die Tür zu Zimmer drei auf.

Abgestandene Luft drang ihm entgegen. Hier war es auch nicht besser. Ein enges Zimmer von sechseinhalb Quadratmetern. Ein vergittertes Fenster auf Hüfthöhe. Stahltisch.

Zwei einander gegenüberstehende Stühle. Links ein langer Schreibtisch mit Stuhl für den Assistenten. Mehr nicht. In diesem kargen Zimmer stand man den Verdächtigen gegenüber. Das war früher Shikis »zentraler Kampfplatz« gewesen. Hier entschied sich im Psychokrieg, ob man jemanden durchschaute oder selbst durchschaut wurde. Er drehte sich beim Geräusch der Tür um und sah Yamazakis unbekümmertes Gesicht.

»Hey.«

»Lange nicht gesehen.«

»Du bist ganz schön alt geworden.«

»Das geb ich gern zurück.«

Ohne zu lächeln, hielt Yamazaki Shiki ein Bündel von Unterlagen hin.

»Hier erst mal der Haftbefehl und die Aufzeichnung seines Geständnisses.«

Plötzlich klopfte es, ein unerwartetes Gesicht erschien im Türspalt.

»Shiki, ich muss mal kurz stören.«

Es war Sasaoka aus der Verwaltung des Hauptquartiers. Shiki und er hatten zwar zur selben Zeit an der Polizeischule gelernt, doch Sasaoka war ein arroganter Mann, der eine unangenehm elitäre Ausdrucksweise pflegte. Da weder Shiki von Sasaoka noch dieser von ihm besonders nett dachte, konnte Sasaoka kein persönliches Anliegen haben, sondern musste im Auftrag der Polizeiverwaltung hergekommen sein.

Was will der denn?

Hinter Sasaoka stand ein junger Mann im Anzug. Ein Gesicht, das unter dem Seitenscheitel glatt und strahlend war wie das einer Bauchrednerpuppe.

»Das ist mein Untergebener Kurita. Assistent des Chefs der Personalabteilung.«

»Dann ist er … Polizeihauptmeister?«

»Ja, jung, aber fähig. Also benutzen Sie ihn ruhig.«

»Benutzen? Wie meinen Sie?«

»Wissen Sie nichts davon? Er wird Sie unterstützen.«

Wie bitte?

Das Mondgesicht von Iyo, dem Leiter der Polizeiverwaltung, tauchte vor Shikis innerem Auge auf.

»Soll das heißen, dass wir unsere Untersuchungen unter Ihrer Aufsicht durchführen sollen?«

»Nun regen Sie sich mal ab. Der Kollege ist nur als Kontaktperson da.«

»Wir haben selbst genug Assistenten. Ihr Auftritt ist erbärmlich. Nehmen Sie das Kind mit und verschwinden Sie.«

Sasaoka war bis zu den Ohren errötet.

»Das ist ein Befehl des Chefs.«

»Des Chefs welcher Einheit? Des Kriminaldezernats oder der Polizeiverwaltung?«

»Von beiden. Davon können Sie ausgehen. Der Chef des Kriminaldezernats hatte jedenfalls keine Einwände.«

Mit diesen direkten Worten hatte Sasaokas Gesicht einen siegesgewissen Ausdruck angenommen.

Shikis Blut kochte, so enttäuscht war er. Iwamura hatte keine Einwände? Wie weit reichte die Macht der Polizeiverwaltung? Wenn sie Kagami, den Leiter der Zentralstation, als Speerspitze einsetzen konnten, wurde die Polizeiverwaltung, der die Entscheidungen über Personal und Finanzen oblagen, wohl zu einer Ausnahmegewalt, die ihren ungewaschenen

Fuß sogar in der Tür zum »inneren Palastzimmer« des Kriminaldezernats, dem Verhörzimmer, hatte.

Sollen die doch machen, was sie wollen.

Shiki ließ sich auf den für die Vernehmungsbeamten reservierten Stuhl fallen.

»In zehn Minuten beginnt die Befragung, also entschuldigen Sie mich.«

»Ja, ich gehe, aber Kurita wird …«

»Hauen Sie ab!«

Es gibt eine bestimmte »Zeremonie« für Vernehmungsbeamte. Yamazaki, der sich dieser Gepflogenheit wohl bewusst war, entfernte sich sofort aus dem Zimmer. Sasaoka und Kurita folgten ihm mit befremdeten Gesichtern.

Das Verhörzimmer war komplett still.

Shiki schloss die Augen. Atmete tief ein und aus.

Vergiss es. Wahrscheinlich ist gar nichts …

Er durfte sich nicht ablenken lassen. Er musste sich konzentrieren. Autosuggestion. Er fing an, innerlich zu flüstern.

Genau.

Ein Verhör ist ein Buch. Der Verdächtige ist die Hauptfigur des Buches. Und diese Bücher erzählen viele verschiedene Geschichten. Aber ihre Gemeinsamkeit ist, dass die Hauptfigur nicht aus ihnen entkommen kann. Erst wenn wir die Bücher öffnen, werden sie uns etwas erzählen. Manchmal wollen sie uns zu Tränen rühren. Manchmal rufen sie Wut hervor. Sie wollen erzählen. Sie wünschen sich, dass man ihre Geschichte liest. Es genügt, wenn wir leise ihre Seiten umblättern. Sie warten. Warten ungeduldig. Denn wenn wir nicht umblättern, werden sie ihre Geschichte nicht erzählen können.

Shiki öffnete die Augen.

Es war nicht so wie früher. Aber trotzdem hatte er sich beruhigt. Jetzt ließ er sie rufen.

Etwa zehn Minuten später kamen Yamazaki und Kurita ins Zimmer und blieben am Assistentenstuhl stehen. Eine weitere Minute später öffnete sich die Tür hinter Shiki. Jemand wartete, dass er sich umdrehte.

In Shikis Sichtfeld rückte, den Tisch umrundend, ein Mann im Anzug und ohne Krawatte. Er stellte sich direkt vor Shiki, den Tisch zwischen ihnen, das Fenster im Rücken. Ein junger Gefängniswärter löste die Handschellen und Fesseln. Seine Finger zitterten leicht.

»Bitte setzen Sie sich.«

Kurita riss die Augen auf. Denn Shikis Stimme klang wie die eines anderen Menschen. Yamazaki reagierte nicht. Es war genau der »Geständnis-Shiki«, den er fünf Jahre lang erlebt hatte.

Doch innerlich war Shiki aufgewühlt: Als Sōichirō Kajis Gesicht nach seiner Verbeugung sichtbar wurde, war es noch ruhiger und ausgeglichener als Shikis eigenes. Seine Augen kristallklar. *Wie können seine Augen so klar sein, obwohl er einen Menschen getötet hat? Obwohl er seine Frau mit eigenen Händen getötet hat, wie können diese Augen …*

Shiki warf einen Blick auf seine Armbanduhr.

»Es ist der 7. Dezember, 8.23 Uhr. Wir beginnen jetzt mit dem Verhör. Mein Name ist Shiki, vom Hauptquartier, Dezernat I der Kriminalpolizei, Leiter der Abteilung Gewaltverbrechen.«

»Ich bin Sōichirō Kaji. Freut mich.«